海天漫筆

三民叢刊209

莊因 著

三民書局 印行

自序

這本文集是我在三民書局出版的第四冊書。內容為以曾在《中央日報》副刊「海天漫筆」專欄刊出之文章五十餘篇為主，再加上數篇散章為輔的大雜燴。

一九九五年夏返臺，當時的中央日報副刊主編詩人梅新（章益新）先生約我為他的副刊寫一專欄，每月一至二篇，字數不限，內容不拘。我雖沒有從事過以擠牙膏方式寫專欄的經驗，但他這麼誠懇的邀約，而又幾乎是絕無條件的優禮，讓我動心了。遂不自量力厚顏地答允了他。

第一篇稿子於該年十一月十六日見報（此文「花花果果」後經梅新先生選入由他編輯的《中副84年散文精選集》中，亦已收入三民書局出版的《飄泊的雲》裡）。後來梅新先生的健康欠佳，一直到他不幸過世的這一段期間，病中還曾三度寫信給我，表示大力的支持。我的專欄，是以漫話方式傳達一些對生活細瑣詳熟的人和事的看法，目的在於啟發今人的思維。

莊因

可以說是深入淺出的。我絕不吊書袋，更不為夸夸之言，而係本著知識份子的良心良能對文化作出一點微薄的奉獻。梅新先生過世後，他的接棒人中副新任主編林黛嫚女士對我更是優渥有加，恩准對中副繼續供稿。這樣一直寫到了一九九九年六月二十七日，前後達三年又半。

我一向注意寫散文要捏合情與理，寫專欄亦不例外。故此我也一直朝著這個方向目標努力。究竟如何，似乎還是留待讀者們去加以評斷的好。

三民書局的董事長劉振強先生，對於我愛護有加，特別賜予出版刊行的機會。我因此願意對他、梅新先生、林黛嫚女士三位，致上我最高的欽感。

二〇〇〇年元月　在天之涯

海天漫筆 目次

天涯何處無芳草

每次回臺灣，覺得綠色越來越少了。這與我當年在臺的情況比較起來，很是不同。三十年前的臺灣，走到哪裡，都是一片綠意，所謂山青水秀，綠野盈疇，確乎如此。不必說是郊野，即使在城市中，每戶人家多有前園後院，植花種樹，或是園蔬遍地，也都是綠得養眼怡神。總的來說，那也就是一種自然的天趣。

而今年九月返臺，綠意更其薄少了。走到哪裡，都被一幢幢的高樓大廈環圍住，人氣讓你呼吸都促迫起來。我住在臺北國父紀念館旁側逸仙路岳家的公寓大廈。前院有大池，內中有游魚巡迴，一尾尾張大了口，仰天呼吸。我常在池邊觀看，彷彿魚兒們也與我身有同感，覺到環境的壓迫了。

那次去臺中先父靈園掃墓，車在高速公路上馳行。兩側青山，很難得看望到完整雄闊的雄綠了，大多有被開發的人工痕跡割裂的殘敗，頗不爽然。而公路上車輛之多，都像是在臺北岳家公寓大廈前池中的魚兒一樣，張嗡了嘴，無言地抗議著。

臺北的居民，都已經往空中發展了。大家紛紛遷入了高樓巨廈，這是現代都市的一般性，也足以證明國計民生的調升，是好現象。唯其如此，我們勢須注意環保意識，讓這種在科技日進、百業飛騰的現代生活中同根興茁的觀念，牢牢地爬攀在人們的心中才是。在綠色越來越少的地帶，我們一定要把有限的空間，培養出高品質的濃重綠色。不是麼？讓我們看看歐美先進國家的城市，公園都保持得特別完好，綠茸茸草地讓你不忍踐踏。綠樹臨風，大皆滴翠搖曳。遊人更其特別注意環境的保護，不得任意拋擲紙片垃圾。在城市的邊緣地帶，即拿舊金山市來說，房屋都是手臂相挽地櫛比而矗了。但是，每一戶的前院，雖不大，卻是綠色草地一片，且修整得很是完好。偶見有人在草地上野餐或曝日，都予人愜舒之感。

而我在臺北所見則大不相同了。公園的草地基本上是乾枯的，彷彿很久無人料理，水分及養料都欠缺。成群成批的人，在草地上跳舞、練拳腳，那原本便薄弱的草地，日日有不知多少足鞋踏於其上，久之彷彿奄奄一息了。或許你會大聲辯說，洋人不是經常在公園舉辦露天大型歌唱會的麼？他們一樣吃喝，隨手拋棄，這跟我們有何不同？問得好。但我要說，你見過洋人在草地上天天開演唱會嗎？日日夜夜表演個人自由行為嗎？再說，即使在公眾散後，人家的事後清理可是非常認真的，完全不像我們。我們的「西化」進程，的確來得遲緩了。

現代化不知已談了多久。我們也住進了有空調冷氣的現代大廈，但是，廈前堆積如山的垃圾及陣陣糗臭味，卻是在美國大城市不易有的。臺北大街小巷小販之多，其對環境整潔之破壞真是罄竹難書。這些，你在美國都市中也看不到。

以前，我到臺北新公園、植物園，在未至之前，即感覺到有一大片清新綠好的地方張著雙臂迎你的快欣。下了公車，三步兩步便投入綠中，把一切塵囂都滌洗一盡了。而這次我又去，到了，卻似乎茫然不得其門而入，看不見綠，那一大片地方都被現代都市的發展擠榨得灰頭土臉了。它們變成了都市之瘤，裂淌膿血，那景況很是令人心寒悸地。

我的朋友們，都是住在沒有綠的公寓大廈之中。苹蘅兩姪的新居也是如此。但是，比較起來，她們是幸福的。苹姪的公寓在臺中，環境較靜，且巨廈管理建設都不差，進口有長路，路旁有花草扶疏。蘅姪的新家在北投，建於高處。她家精緻小巧，坐在客廳，即可看見整片草地花木。原來她住一樓，那片公有草地看似成了她的私有庭園了。夏陽也住北投，其公寓環境卻不如蘅姪的甚多。除了路邊有殘蕪的野花野草外，看不見綠，就像空氣稀薄得難以吞吐一樣。

在海外的華人，大約百分之九十九點九都住在單一的平房裡，前院後園，每星期都要打點。他們不往空中發展，那樣無根的高瞻遠矚原不需要。他們在外飄泊，卻置根土中，大有

「野火燒不盡，春風吹又生」的氣慨。歎，真是「天涯何處無芳草」啊！

——一九九五年十一月二十九日《中央日報》副刊

奈何天

最近聽到一卷香港歌星甄妮女士的錄音帶，共有十首曲子。內中除了〈小小一個男人〉（電影《阿嬰》插曲）由黃霑先生所唱外，餘皆發自甄妮女士胸肺。這幾年我在海外觀看臺、港兩地文學藝術大勢，漸然覺出其最大不同，在於所表達出的基調。質言之，臺灣的作品，在文化層面，總難免表露出對於中國文化一種質勝於量的批判性。如果說得具體一些，即是認為中國大陸的產品，彷彿政府一樣，都不足以代表「中國」。雖說在政治上，臺灣已不若當年蔣氏父子時代那般僵硬，但在骨子裡，在臺灣的中國人，不論外省人與本省人，都在臺灣產品上貼了咄咄逼人、勢不兩立的標誌，一種欲語還休的勁道——Made in Taiwan。

而香港則不然。

在香港，儘管官方語言理論上由英語主陣，然則廣東話卻係實際上由政府到民間、自上而下的一體聲音。自從中國大陸官方宣布了「九七」時限以後，這種共同的心聲，更是無遠弗屆地傾出一種無可奈何的調子，予人以「奈何天」的感受。於是，表露在文學與藝術上，就處處濫觴著這種纏綿悱惻的基調了。

在臺灣，雖云官方語言仍是國語，但近數年來，臺語大膽的不斷地被上層省籍人士的提介倡行，已經脫顯出「國語」與「臺語」之間的矛盾來了。不是嗎？連若干政府外省籍的要員，在發表政見時都不免用國、臺語雙聲帶的趨勢了。

而使用這兩種語言的族群，雖說經過數十年教育的淡化，卻仍不免顯出某種程度上的差異，尤其在政治意識上；加上對於大陸上政權的對立性，漸然使得臺灣島上的本土文化意識，得到了相當程度的提升。於是乎在「民族文化」的層面上，發生了貧血現象。質言之，近十數年來的臺灣文與藝，所謂的「中國文化原殖性」，實際上極為皮相膚淺，大皆是東剽西竊。年輕的一代，並未吮吸過實質的中國文化乳汁，他們心中，恕我大膽地說，也並無具體的中國實感，只是因為自小沿用的「中國」背景，讓他們有了所謂的知識上的變相的「中國」感。對於傳統，除了生活上一般性的東西外，他們的了解實際上也很有限。對於臺灣，他們僅是把歷史上臺灣被稱之為「中國」的一部分的事實，用來做為對於中國文化本體認知的依據。而，此實體本身，其實也相當駁雜混淆，時顯時隱地透露著外來文化的淩遲血影了。在文化的表層，中國傳統正逐日退縮變形。即以流行歌曲來說，傳統的中國小曲的唱法已經得不到年輕一代藝人的重視，歌曲的譜曲、唱詞以及唱法、配樂，在在都是洋勝於中的。外來文化正在得寸進尺的滲透深入。例如說，傳統的中國人在晚上送別時的「再見」及「明天見」，幾幾乎已經聽不見了，年輕人一定會說「晚安」或「拜拜」。雖然，理論上，在臺灣的中國人依然是中國人，但問題是，那些中國人多半自認係「在臺灣的中國人」，很微妙的不自覺的把自己跟傳統歷史上的「中國」分開來了。這當然不必說還有極少數的把自己逕直呼為「臺灣人」的人了。

而香港則不然。

香港的華人，都大體自認是「唐人」，他們說自己是「廣東人」，實際上並不把廣東排除於中國之外。這跟在臺灣的中國人宣稱自己是「臺灣人」的基本心態有極大的不同。他們有時稱呼自己為「(香) 港人」，這也是基於政治理由出此的，實際上絕對沒有要將香港與中國之間一刀切斷的感覺。他們對於中國的一呼一吸一舉一動，都實際上覺得毫髮牽動，深切關係自己。在地理上，香港與中國大陸骨血相連，其情況一如母子連體連心，這完全不似臺灣與大陸之間隔著一道臺灣海峽！在香港的廣東人，雖云其生存空間在政治上非屬中國，但是他們從未因此自視為完全獨立與中國毫無關係的「非中國人」或「香港人」。所謂「香港人」是因為他們的政治環境特殊，自稱或由外方加之於他們的稱呼。縱使生活在英國殖民地上，儘管官方使用的語言是英語，但他們的中國民族感情卻極端深厚頑亢堅強。而此情況在臺灣便有頗大的差異了。這最大的不同，是當年國民黨政府遷往臺灣之後把生存於臺島上的人民大略劃分為「外省人」與「臺灣人」（或「本省人」）的事實，以少數外省人統治多數本省人的實例，使得臺島上的中國人慢慢變成了「在臺灣的中國人」以與在中國大陸的中國人有所區別。長久以後，臺島上的中國人就心甘情願的承認自己是「臺灣中國人」了。這情形就跟在美國的中國人自呼為「華僑」，而大多美國人則呼他們為Chinese American了。這也跟現在在政治上，臺灣的某些中國人把「中華民國」視為「中華民國在臺灣」一樣，骨子裡要把「臺灣」此一政治實體，強從「中國」分開。

在臺灣的中國人，某些人總以為因有臺灣海峽為屏塹，於是自認臺灣即可自存於中國之外。再加上臺灣根據政府在政治經濟上跟外界所建立的實質，於是把自己提升到代表中國的程度。但事實上外界所認為的「中國」，不管是否共產政權，都是歷史上的中國那片土地。在臺灣的中國人所自認秉持的道統，乃是非馬、恩、列、史、毛的共產主義。於是，他們具有強烈的足以代表中國道統的意識，這份優越感牽拽著文化感覺，使他們自豪。他們沒有在香港的中國人那種中國雖在咫尺天涯而甚麼也抓不著的驚悸惶惑與無奈。

香港的中國人這種無人可以切實體會的情懷，近年來充斥於文學與藝術的各層面了。我們大約仍記得，在五十年代六十年代，香港的中國人在臺灣非常之風光的。那時到臺灣升學的學生，是極受寵幸的天之驕子，臺灣學生對於他們是豔羨不止的。他們住又大又新設備又完好的宿舍，他們的「高級」穿著領盡了風騷，連老師們都對他們在學業上隻眼獨具，另闢一格。即以當時我的母校臺大來說，確切如此，大家對他們是既愛又妒的。現在呢？現在臺灣跟外界業已建立起直接關係，政治上開放，人民的物質生活普遍提升，臺灣的中國人昂首挺胸，拍腹稱心。再加上他們手中持有的「道統中國」王牌，他們對香港一切的一切，尤其是九七將屆之前香港人雞飛狗跳熱鍋螞蟻的心態，以及滿腔欲訴無人的幽怨，對於港人身在地緣中國而僅止具有「小星」的身分，有著一種今昔之譏，「數風流人物，還看今朝」的嘲諷。可不是嗎？連甄妮女士都唱出這樣的悲調來了：

不管甚麼地方，每一次輪迴死生。不管是漢還是唐，總有個像我的女人。

在〈小小一個女人〉這首歌中，甄妮女士一開始就這樣毫無隱蔽地把滿腹辛酸憂悒唱出來了。這正是香港人對自己的身分自憐自艾與無奈的認知。「總有個」三個字，彷佛三把利匕，深深插入了聽者的心中。這首曲子的音調是那麼幽怨撩人。「是宿命，是緣分，我生為一個女人。全個人，全顆心，都肯為愛情作犧牲。」在曲歌的後面，小女人唱出了似怨又悵又無以排遣的悲哀，任由二黃酸鼻的悶調提上九霄，追雲而去了。

「宿命」和「緣分」，都係難遣的自憐。「生為一個女人」，歌詞這樣輕描淡寫的一句話，便把香港早期被割讓給英國，淪為殖民地，那種無盡悲憫的可憐身世，那麼寬大不作掩飾的唱了出來。寧可自憐自艾，而不怨天尤人，這也就是香港人掌握的中國傳統文化中身為女人的感受了。「宿命」與「緣分」，原是不待細說的。怨天尤人亦是於事無補的。

在這樣盪氣迴腸哀感淒絕如泣如訴的歌聲傳出之後，甄妮的一首〈如果曾經擁有〉，用「如果」二字，不著痕跡地道出了內心的萬般苦楚：「雪花第一次飄飛，火花第一次顫抖。今生錯過的一切，來生還能不能求？聽說過的種種種種溫柔，還要我再等再等多久？傳說中的愛情，可能讓我有自由？」「雪花」與「火花」對比，用得極好。一如有晉一代大詩人陶淵明的「冰炭滿懷抱」句，炎涼悲怨，催人熱淚。「今生」對比「來生」，則尤加深了加強了悲酸的程度。而「如果」二字更是貼切，寓實於虛，似有還無。作詞的人，真是捕捉到了傳統中的高妙筆法了。「傳說中的愛情」一句，似也道盡「天長地久有時盡，此恨綿綿無絕期」的長相思。疊字「種種種種」及「再等再等」，由甄妮女士唱來，最能道出一種千秋萬世無法撇除的內心吶喊，感人至深。「今生錯過的一切」，說明了在香港的中國人那種生為中國人而實際上又不被承認的委曲事實。那種無以表達的悔恨一下子如岩漿噴湧。「來生還能不能求」?是的,九七大限一到,身分明定,便只好自歎如飄飛滿天的雪花了。

這種「冰炭滿懷抱」的情愫,在下面〈客途秋恨〉一曲中,更有恨到終時方始休的表白:「命運是一粒客途中的塵埃,朝夕不定。海角天涯,啊……沉靜與落淚,祈願與等待,都是宿世的無奈。啊……青春的恣意,美麗的眷戀,只剩下一種期待。秋天的夢,醒在斑駁歲月,憂傷的字眼,寫到現在。鄉愁成了一朵過眼的雲彩。留已無言,忘也無礙。」李清照的詞句云:「風住塵香花已盡,日晚倦梳頭。物是人非事事休,欲語淚先流。聞說雙溪春尚好,也擬泛輕舟。只恐雙溪蚱蜢舟,載不動,許多愁。」歌者正是用「欲語淚先流」的淒嘎唱出來的。「留已無言,忘也無礙。」俱往矣!

當然,在甄妮女士這卷唱帶中,也少不了有意的安排。比方說,她選用了名小說家白先勇〈金大班的最後一夜〉被搬上了銀幕的電影中由蔡琴女士唱出的主題曲,表出了欲語還休的遲怨慢歎:「踩不完惱人舞步,喝不盡醉人醇酒。良夜有誰為我留,耳邊語輕柔。」黏巴達的款款情意,化作了宋代大詞人柳永的「念去去,千里煙波,暮靄沉沉楚天闊」的大寂情懷。香港將於一九九七年重歸中國版圖,前途茫茫難料的主題,無遺的表達出來了。

走不完，紅男綠女。看不盡，人海沉浮。往事有誰為我數?空對華燈愁。

當樂聲再度響起，卻是如此「往事堪哀，對景難排」的調子，我們的心，也便被那一連串的譜曲牽引，飛離了燈火漸黯的舞池，終而飛入霧氛漫繞的空庭去了。

紅燈將滅，酒也醒。此刻該向他告別。曲終人散，回頭一瞥，嗯，最後一夜!

伊人淚眼香腮，酒氣氤氳，蹣跚步履，一切一切，「此際輕啼，尋不易，淡去去，千里碧藍，大寂無語」(葉維廉詩句)。

讓我們再聽聽甄妮女士下面在〈焚心以火〉一曲中唱出的哀怨難訴的濃情吧!「焚身以火，讓火燒熔我。燃燒我心，噴出愛的頌歌。奮不顧身，投進愛的紅火，讓黃土地埋葬了我。」這就是香港島上千千萬萬的中國人，無處可遁，無計可施，只有「奮不顧身，投進愛的紅火」的心聲了。

「風，輕輕吹，輕輕吹，吹入你眼中，不要帶著塵埃，溼了你的眸。風，輕輕吹，輕輕吹，吹入你懷中，不要帶著寒冷，讓你顫抖。」甄妮女士那麼輕緩地唱著，彷彿要給你一點盡可能的溫柔紓解，這也就是我在前面所言，港人所具有的一種傳統的自怨自艾而不尤人的感情了。她是輕輕地唱給自己聽的吧！請聽那無以為意，如此無奈、如此期待，又如此杳不可尋的呻吟：「人說你似楊花，飄飛在風塵間，無人了解，無人惜，無人憐。有誰能夠化成春風，吹乾你闌珊的臉？誰能化作浮萍，伴你如水中的蓮？」歌聲在整卷唱帶最後無奈的意念中，如楊花隨風飄颺，吹起，落下，又吹起，再度落下，漸然沒入無盡平蕪中去。「平蕪盡處是春山……」是嗎？甄妮不知道，聽者不知道。

一展無垠
碧藍
天
大寂
無人憶
細鳥
輕啼
觸

破（葉維廉句）

我們又能觸破甚麼呢？

——一九九六年一月十三日《中央日報》副刊

市招的革命

語言有其今昔異同。變遷大小不論，需要掌握住其在現實中的實質上的意義，又能尋出某種語言在其歷史文化上的承傳性為最重要。所謂推陳出新，此之謂也。比方說，現今人人皆知的現代語彙「革命」，在中國歷史上，在帝國主義君王制度的籠罩下，在儒家思想的濡染下，任何反對政府真命天子的行為都是「造反」，沒有人可以革其命的。許多的歷史事實，當時的史家都不至於也不敢公然稱之為革命的。王命是天的旨意，明主抑或昏君暴君，端視人民的八字造化。總之，這命是萬古一系的，沒有人有權去將它剪斷，尤其是用訴諸武力的大流血方式。「革命」一語，乃是受了西方近世的歷史感染，而對一種政治異動做出的中國式的解說。若用傳統的說法，就是「改朝換代」。不論是非，不管好歹，反正「命」是不可以「革」的。就事論事，當初傳引西方思想，用以解釋駕馭中國史實的「革命」一詞，非常之好。命是誰的？是千百年來專制帝王思想的命脈，如今在辛亥革命的大旗大令大義鼓舞之下，一發將滿清王朝的命脈給革了，代之以共和，人民當家作主了。根據這種新興的外來解說，用以駕馭中國歷史上歷代「逆而奪取」的史實，只要本質上凡是有關興廢，都一一解釋了。因此，陳勝吳廣的揻兵揭竿而起，用現代眼光來看，就是革命。唐太宗為秦王時，引兵入京城玄武門殺太子建成及齊王元吉，自立太宗承繼王位，古時叫做玄武門之變。變者，就是今天所謂的革命。

像這樣古今異詞而實際上描繪同一變的事實，就是語言上及觀念上推陳出新的進步。很好。但是，這種進步的觀念，並不意味著我們可以用之於任何「改變」的事例。特別是中西文化原有極大的不同，在做成必要的權變時，勢須考慮到文化的背景，不可以做不必要的任何大膽特異的改變。比方說，「砍頭」，英文說成behead，傳統正宗說是「梟首」、「斬首」，俗稱「砍頭」、「殺頭」、「喀嚓」，反正都是「掉腦袋」，都是中文，怎麼說都成，沒有異議。小說中有這樣的寫法：「王二毛子這小子不聽勸說，使著性子去造反。結果呢，被官兵抓住了，今天早上便被喀嚓了。」這「喀嚓」就比「砍頭」來得鮮活生動，是高手筆法。小說嘛。你如果一定要寫成「今天早上便被正法了」，可以，但就是感到彆扭，因為「正法」是非常傳統嚴肅的說法。尤其是現代，這「正法」是否真意味「身首異處」也不清楚。

今年秋間回臺北，大街小巷，市招撩亂，於坐車或行路，常見有意想不到的極為現代感的市招，很不爽然。我一點都不冬烘，都不保守，但我是一個非常注意約定俗成的人，非常留心傳統的人，極有是非觀念，不贊成任意的人。有些市招，在我看來，未免太走樣了。比方說，有兩家花店，一間的招牌是「拈花惹草」，另一是「花言巧語」。這原是兩個大家習知的四字成語，而且都有負面意思。雖則都借用了一「花」字，這不過是一種比喻。但是我們萬不可把它們用來做賣花的招牌。花店並不是供人花言巧語甚或拈花惹草之地，是一種極高雅的行業。怎麼就可以拿一句四字成語，自認「俏皮」、「新派」而沾沾自喜用為市招呢？這太匪夷所思了。還有一家賣牛肉麵的小鋪子，門面是「牛里牛氣」，也犯了同樣的毛病。主人把「牛里牛氣」我們初用的負面意義全不顧了。不能因為一個「牛」字就借屍還魂了。難道去吃牛肉麵的客人都牛里牛氣麼？難道賣牛肉麵的主人是牛里牛氣的混帳東西麼？如果都不是，開這樣的玩笑的動機是甚麼呢？九月初去臺中，是晚上，乘朋友的車去吃飯。行經某處，居然看見路邊一賣饅頭的小攤販，在一攤饅頭旁插了一面旗幡，上書「野人頭」三個大字，迎風招展。令人膽戰心驚，以為時光倒退，從二十世紀行將結束的民主今天，又回到蘆花蕩的強人水滸大寨中去了。看見了那三個「野人頭」大字，就是山東老鄉一身是膽，走近時也不免四下張望一番了。

我在臺北，親眼目睹的怪異市招，還有琳瑯滿目的。比如一家食店名為「不囉嗦」（是意指客人太囉嗦，抑是賣主本來很囉嗦？），還有另一家飯店公然以「黑店」名之（誰還膽敢去呢？），有一家店面名稱是「放狗屁」，這也未免太隨便了。一家售賣流行漂亮時髦男士衣服的店名叫做「黑狗兄弟」，不知是否因店主係兄弟二人合夥，而其中一人生在肖狗之年？一家臺菜館名為「阿爸的情人」，予人印象是：該館女東家或櫃檯小姐或女侍中必有如花似玉佳人，會令爸爸食客怦然心動。一家百貨公司名為「準黑店」，似乎坦言相告顧客買主，欲購從速，因為該店隨時會變成黑店了，那就謀財害命無所不計了。還有一家臺菜店，店招上寫著「阿媽的店」，不知是有大女人主義的女店主掌門？還是向客人宣告店主夫婦正在婚姻訴訟之中，而此店現階段為女主人專管？否則，為何不書成「阿兄的店」、「阿姐的店」或「阿嫂的店」，必「阿媽的店」不可？有一家西餐店名為「潛意識西餐」，難道欲進門吃一客牛排的人必須有某種潛意識方可嗎？有一家賣手工藝品的小店，店招是「兩個女子」，我就覺得無論如何不若「姐妹花」來得好。

市招是一種大眾工藝，用的時候，應盡量保持雅俗，但不宜太過不知所云，或是表示何等特殊居心。所謂「雅俗共賞」，賞者，為人所接受也。像前面提及的臺灣市招，新潮得已經令人不知怎麼說了。是福是禍，真是見仁見智了。其結果弄得既不雅又不俗，而是讓人哭笑不得，這樣的「革命」，在生活的現實中，至少我認為是完全不需要的，多此一舉的。

順便一提，臺北到處都可看到「魯肉飯」的市招。「魯」，想係「滷」的諧音假借字。這是臺語「滷肉飯」的書面語的假借。但是這樣自出心裁的假借，實際上是以訛傳訛，群起效尤。而居然沒有人挺身而出加以糾正指責。「魯肉飯」，至少我認為山東籍的老鄉們就該站出來嚷一嚷：「俺們吃大餅饅頭餃子，沒有那樣的飯。那是他奶奶甚麼樣的飯？」

——一九九六年二月三日《中央日報》副刊

「粗」話

文明日進以後，人類生活品質，包括精神與物質雙方面，都漸然臻入佳境，可得一「精」字。也正因如此，人們似乎受到了「文」與「明」的箝制，覺得喉頭鬱悶滯癢，呼吸不暢，於是乎連帶著手腳似也僵頑不靈了。遂興返璞歸真，偶為粗獷點綴的念頭來。比方說，在言語上，將「多此一舉」說成「脫褲子放屁」的歇後語；在飲食方面，吃膩了雞鴨魚肉及參翅蝦蟹，於是搞點「金鑲白玉板，紅嘴綠鸚哥」（豆腐煮菠菜也）來換換胃口。時下有「素食」一業，乃係針對貴冑世宦豪門首富而設。市井升斗若欲鼓勇發狠去大飯店饕餮一次，恐怕斷然不會也不可能誤入歧途的。英語民族有natural food 或health food 的專賣店，大皆是如此，只不過沒有中國文士在文字上耍的花俏雅致罷了。一般來說，中國文士愛逞口舌之便，耍嘴皮子，認為凡是用文字漱口，當可達到免除口臭的效果。即以罵三字經為例，我的一個洋生徒某次曾詢之於我曰：「他媽的」三字只是一個所有格的修飾語，怎麼會有不堪入耳的淫穢意思呢？我遂笑答曰：「他是第三人稱的代名詞，用以代替第二人稱的你，這正是中國人表示含蓄的美意。而上下的動詞及受詞都經省略，說來聽來便不覺十分不妥了。」

俗云「粗話」，指不足以登受過良好教育的文明君子之大雅之堂的村夫野語。粗者，米之不精者也。由是引申，統言凡物之不精者，亦作「大」、「略」之解。蓋民生口體最為重要，故古人即以米糧為人們一日不可或缺之物為形容。我們說「粗糙」、「粗豪」、「粗鹵」、「粗笨」、「粗壯」、「粗人」、「粗俗」、「粗野」、「粗獷」、「粗心大意」、「粗線條」、「粗茶淡飯」、「粗枝大葉」、「粗眉大眼」……等，都把「略而不精」那點意思表示出來。姑無論人、物、事，一「粗」之後，有時也不免有「粗中有細」另具一格大塊吞吐的豪情語意，經過文士的形容，便也不覺過分的鄙俗了。因為此時「粗」的形象，在文士的筆下唇上，都具有性格，有帥勁兒，豪氣干雲，與常人異。俗語成句中有「一馬當先」、「馬革裹屍」、「一諾千金」、「一刀兩斷」、「抽刀斷水」、「兩肋插刀」、「肝膽照人」、「一腔熱血」、「打掉牙和血吞」、「二話不說」、「大碗喝酒，大塊吃肉」……等，都把有魄力擔當、英勇剛強、痛快淋漓、豪爽粗獷的個性表露無遺。仔細觀察前例，似乎可以得到一基本印象，即多屬一己個人，鮮及族群。如用現代語感的說法，即是忽略了「群眾利益」。比方說，為民喉舌的博士國會議員，居然在民主殿堂的國會惡言相向，或表演拳腳肢體動作，粗鹵暴戾。又如當年馮大帥玉祥，身為高級將領，偏要故做驚人之舉——喝涼水、穿布衣、食粗糧，以顯示其袍澤手足弟兄之情等都是。自民初以來迄於四、五十年代，在上層社會，豪門巨富宦紳之家筵宴既畢，常見客中不乏齜牙咧嘴，不用牙籤而猛吸涼氣溜清牙縫間餘穢者；咂嘴唧唧出聲以示酒足飯飽，衷懷大悅者；或以揉搓腹肚頃間打嗝放屁，以證深領主人盛情者，都是個人主義的粗線條作風。

其實，不僅現代人如此，古人早已有之。所謂簞食瓢飲，似乎只在「居敬」的潦倒期如此。一旦發跡，是否錦衣玉食不論，至少不必對一己過於刻薄寡恩了。南陽諸葛孔明先生，未出山時，住草廬、吃粗食，徹頭徹尾的布衣。等到劉玄德三顧茅廬之後，史書雖未記載其變，但至少我們在京劇舞臺上看不見孔明先生的清貧相了。唐代詩聖杜甫，於天寶十二年（公元七五三年）潦倒長安，寫了一首有名的詩歌〈醉時歌〉，描述他的酒友廣文館博士鄭虔先生的不得意實情。他說：

諸公袞袞登臺省，廣文先生官獨冷。
甲第紛紛厭梁肉，廣文先生飯不足。
先生有道出羲皇，先生有才過屈宋。
德尊一代常坎坷，名垂萬古知何用。

誰都看得出來杜子美先生是以彼況己。詩人可惜並不能改善現實情況，充其量對坎坷生活僅可著墨為「得錢即相覓，沽酒不復疑；忘形到爾汝，痛飲真吾師」，以傾訴感慨，頂多是圖一醉解千愁了。這樣的豪放，是不得已的，是令人感慨的。這就跟明知綁赴刑場，即將身首異處的「二十年後又是一條好漢」死囚一樣，仍要置生死於度外，高嘯著「慷慨歌燕市，從容作楚囚」。那份「慷慨」與「從容」，怎不令人酸鼻！如果囚人無有英雄氣概，俯首無語，面色慘白，則沿街塞巷的觀眾不鼓掌叫囂起鬨慫恿者，未之有也。

於是乎，這就回映到我在文前提及的中國文士喜愛耍嘴皮子，好為口舌之快的毛病上去了。這種「阿Q」式的個人行為，欠缺勇往直前、改善命運的擔當。前不久讀英文報紙，新聞報導中共外貿部長吳儀女士訪紐約，美方政府人員及新聞記者猛烈抨詰中國政府對於保護國際智慧財產權之不力，任由不法商人仿冒牟利。吳女士笑云：紐約各大博物院中之中國藝術品珍藏，有多少不是從中國偷盜而來者？她的感覺實際上是在面對豺狼虎豹的大盜們了。這則新聞報導真是令人心大快，如此粗話，也許正是在國際場合需要運用自如的。

再以飲宴吃喝為例，看看中西粗細之不同。我們常在電影中見到英國人餐飲之種種。一粒豆子，都得仔細緩緩推上叉背，送入口中閉嘴細嚼。良久，咀嚼既畢，於是舉杯淺酌，然後以餐巾蘸拭嘴唇。即以飲酒一項來說，似中國人勸酒頻頻，主人舉杯仰脖飲盡，粗豪有之，卻實在談不上享受。粗豪方能博得客人肝膽相照。於是大聲揮拳比劃，赤筋生臉，聲震屋瓦，恐怕連霹靂轟頂都不聞了。而洋人於飲宴時之雅致，抿唇緩啜，柔語輕聲，絕不似中國人之叱咤風雲舉止。

個人如何，最多損及己身，與旁人無涉。但如事關國族對外，則差異大矣。國人之辦外交者，最不善應付的即是對方，且本身團隊精神不足。歷史上，尤以清朝為著，家務之牽拽，爭寵勾心鬥角，敵人已經粗暴凶悍地兵臨城下了，我們尚在清談，文士尚且以「秀才遇見兵，有理說不清」自嘲自解。花拳繡腿，割地賠款，或以女色和番。「好男不跟女鬥」，就在如此心態下訂下了城下之盟。洋人主張個人在人前要約，而我們的散沙哲學偏是教導人們各行其事。洋人於對外時，為利益不惜一切；而我們偏愛以「克己」功夫予人以柄。國人辦喪事時之嚎啕大叫，一無節制；而洋人則勉力節抑，悲慟點滴在心。於途中歡遇故人，國人必大吼大嚷，遠近皆知；而洋人不過趨前相擁，最多喜極而泣，但不擾旁人。洋人外戰攻城陷池，血流成河死傷不計，志在必得。英人於清代之東來，巨炮轟之，凶殘無比。火燒圓明園，槍打義和團，讓日本人都學樣，搞演出南京大屠殺的慘史來。似此，我們的粗、細論，對己、對外，實在應該自省，做出一番調適才是了。

——一九九六年三月十四日《中央日報》副刊

我的「我」觀

中國人是很重視「我」的感覺的。「中國」一詞，自認是宇宙天底下的文明之邦，四列之地皆是番地，這便是極其自大自高的「我」的氣勢。古時有「和番」一詞，意即國勢弱了，外夷聲強勢壯，不得已，除了割地賠款以外，還要用女人之姿去籠絡敵人。王昭君、蔡琰等等，都是大家心知肚明的史例。

「我」的觀念一旦存在，在政治思想上，便成了萬世一系的家天下。儒家思想定於一尊，更是予取予求，有了合法的藉口。儒家雖說講王道，但是一到了傳宗傳位的時候，王道就被拋到一邊，大談其「私」了。恨不生在帝王家，這是中國歷史上許許多多心懷大志遠向的人最後在現實下低頭時所慨嘆的。一個「命」字，就把千言萬語都塞堵回去。

不管怎麼說，這「我」的感覺，終究讓天子不爽，說起來太平民化了，於是乎造了一個「朕」字來凸顯自己，四海之大，唯天子一人獨用，這個大我可是十分風光的。人身代名詞，皇帝的個人主義思想達到了天庭。在社會上，「朕」為當朝帝王專用，一家之主的大男人，便只好用別的名稱以示尊貴。父，就是大我。父說甚麼，就是甚麼，家人包括現代西方思想表示平等女權的老婆，都得聽「父」的話。父，於是便挾「第一人」的威勢，作威作福。因此，中國歷史上人民一直都得憑八字造化，碰上昏主暴君，只好認了。在家裏，碰上渾不講理的老子，也只有認了。基本上，我認為中國歷史上的哲學思想，都彷彿遍插女人髮上的花朵珍珠，只有裝飾作用，是無有實效的。「老子哲學」就是實際上的一整部思想。所謂老子，並非哲學上道家李聃的尊號，而是當今如四川話中某人意願表現「我」的強大意識時，改口稱的代名詞。比方說，「我要你的命」，就說成「老子搞死你」；「我不愛吃甜東西」，就說成「老子不吃那種甜玩意」。

我，一旦定於一尊，就特大獨立起來，不易與四方發生聯繫了。這也就是中國歷史上很可悲的現象。御膳房做了盛饌給大我的天子享用，山珍海味天子獨享不了，棄之又可惜，於是乎御膳房只更換數種天子龍口喜愛的菜式，一直要等到天子微行，在民間吃到了菠菜豆腐，才知那是世間美味。「金鑲白玉板，紅嘴綠鸚哥」的說法，便是陪大我微行時的貼身太監謅出來的。因為皇帝從來沒聽過菠菜與豆腐這樣的名目。

在西方，「我」並未似中國化名為他給帝王專用。也許正是因為這個緣故，人權思想在西方漸然大彰，民治民有民享的主張思潮，就澎湃一發不可遏阻了。在英文中，他們說my country，中國人一定說成「我們的祖國」，誰要是把這思想譯成「我的國家」說了出來，別的中國人便會立刻苛薄地問你：「你是老幾？你是甚麼東西？中國是四萬萬五千萬（半世紀前國人的說法）人的。我的國家？你小子昏了頭。連總統都沒這麼說過。當年蔣總統在文告時不是總是說『全國軍民同胞們』麼？中國還不是閣下的，等你做了總統再說不遲。」

這樣說來，中國的這種「假民主」的思想，實際上真不及西方「我」的觀念操控下的強勢國家觀念。我深深覺得一個西方人說America is my country 時，他（她）的面容及內心的自豪比一個中國人說「我們四萬萬五千萬人民的大中華」，要厚實堅強得多了。這樣，我想說的，就是我們該怎樣把一個私有個人的「我」，廣推到家國的大而高的層面上來，讓我們的國家總高於個人，讓中國真真實實的在世界萬邦中屹立！

——一九九六年五月四日《中央日報》副刊

說「吃」

國父孫中山先生倡制的三民主義，依序是民族、民權、民生。民族創先，自然是政治考量，尤其在當年風雨飄搖、列強眈視的時代。其實，按照內外的比重，民生應該打頭牌才對。民生者，人民之生計也。所謂衣、食、住、行，其排列依我之見，「食」應排在第一。食是維持生命的基本，沒有了，甚麼都別談了。維持生命非食即飲，但是「水飽」終究不能持久。人的肉身各部必須依靠固體糧食的給養，方可生存下去。所以古人說「民以食為天」，對極了。你跟飢民談民主，那是對牛彈琴。老百姓要的是大米饅頭實物。否則，把人民擺抬得再高，老百姓也不要那既不可療飢又不得止渴的民主。身體沒有了，談甚麼綾羅綢緞，羔裘布帛？住巨廈、行有車，都係餘事。

這樣的說法，並不是逞強硬辯。中國自古以來，所謂太平盛世，冀想國泰民安，首要便是人民生活裕綽。我幼小時常見乞食小孩，赤身精光，卻無半點羞窘。予他大餅一塊或殘羹一碗，囫圇吞食一空；可是，若是給他皮裘一件或鞋履一雙，即便對方立時上身上腳，卻定然仍瞪著大眼告求於你，不會有吃到大餅一塊的足意。粵語稱找工作為「搵食」，即謂張羅吃喝；以前北平俗諺有「奔嚼穀」一語，也就是此義。今人說成「餬口」、「混飯吃」，謙義之外，也都突出了「吃」的重要，其理當可自明。

跟「吃」有關的俗語更是一大堆。以吃為主動動詞的就得「吃通」（或「通吃」）、「吃人」、「吃裡扒外」、「吃軟飯」、「吃豆腐」、「吃軟不吃硬」、「坐吃山空」、「吃人嘴軟」、「吃得開」、「吃不了兜著走」、「吃不開」、「寅吃卯糧」、「吃閒飯」等。其中「吃軟飯」謂男人遊手好閒，不事營生，但靠女人賣身為自己生活享樂；「吃豆腐」謂欺負女性，討佔便宜，都是大男人主義下的無恥行徑。還有以吃進來表示遭受不利於己之經驗者，諸如「吃虧」、「吃力」、「吃癟」、「吃苦」、「吃醋」、「吃緊」、「吃驚」等等。英文中也有以「吃」為由的一些說法，基本上都是以主動的「吃」出之的，極少表示消極的自己痛苦經驗。洋文化是以攻為主，這也可以大致表示出來了。比方說，吃它個夠，英文就說成eat one's fill；把某人吃垮、吃得山窮水盡，就說eat somebody out of house and home；狂妄自大就是be eaten up with pride；疾病纏身，說成了be eaten up with disease；像表示收回前言，認錯道歉，說成eat one's own words，是不多見的說法。中國的「讓」的哲學，洋人認為純屬沒有擔當、膽小、怯場，是很不光彩的舉措。我的學生對於「吃裡扒外」、「吃豆腐」都很激賞，對於「吃軟不吃硬」，咸認若是軟硬互易才好。他們對於中國人說「吃得苦中苦，方為人上人」的俗語，普遍認係自憐自艾，大丈夫弗為也。

總而言之統而言之，中國人是太注意吃了。有朋自遠方來、送友人遠行，都離不了吃。今人尚以「洗塵」、「餞行」表之，如果差了一頓飯菜，朋友的誠意便受到考驗了。抗戰時期，物質艱困，小時在後方讀書，母親偶將豬油拌以鹽、蔥、辣椒、花生、豆腐乾丁屑，盛放在瓶罐中，取出為我們兄弟拌飯食用，那便是當年的上上極品。如今油脂已為吾人禁忌，科學認為於身體不利。美國的食、衣、住、行，以吃最廉。價廉物美，世界他國遠弗及也。從中國大陸來的學生，起初不能相信，尤其是以個人每月收入來衡量，他們才覺得太美了。

最近友人孫隆基博士來校（他原係史丹福大學歷史系校友），與之談及中國人口問題。據孫兄云：中國人因不似西人崇信宗教，對於來生天堂觀念向不熟悉，也不相信。但人有自私之天性，於是「傳宗接代」觀念便大大彰行。一般婚後少則四胎五胎，多則十胎，最是自美自足。倘若男多於女則更佳。大家都如此，子孫滿堂的景象便令人眼花撩亂了。於是，中國的人口，便似炸彈開花、水銀瀉地，一發而不可收拾了。孫兄專長文化歷史，且深諳行為科學之重要，他的高論令我佩服。我說：「難道中國的人口問題，就是死症，沒有解決的辦法了嗎？」孫兄的回答，是帶著亦莊亦諧的語氣的。他說，他是從堪薩斯州來的，該州的人口不過六百萬人左右，但是香港一島彈丸之地的人口，就跟美國的堪薩斯州一樣。中國的人口，如果按照目前的情況增長下去，一百年內，全世界除了中國以外，各國糧食的總產量尚不足中國人口消費。

「那麼，中國人就利用科學，運用高營養的維他命丸來代替大米如何？」我稍露喜色地追問。

孫兄苦笑了。他說，中國人不但注重吃，還要講求吃的哲學與尊嚴。吃的尊嚴就是要朵頤稱快。於是我就想到何以中國人不愛吃三明治那樣簡單快速的餐點的原因。「把衛生丸搞出各種口味來，也許中國人就會接受了。」我說。

萬萬沒有想到孫兄竟否定了我天真的想法。「不成。」他說：「即使南北不同風味都具備了，而不能改變的事實是，一顆維他命丸，代替不了一盤乾燒黃魚、一盤宮保雞丁、一盤清炒蝦仁再加一碗熱騰騰爽口的蓬萊米飯的足意勁道！用維他命丸代替主餐，中國人不幹！」孫兄沒有正面回答我氣急敗壞追問下去的問題，但我知道他是回答不出來了。

他把千言萬語都吃下去了。

——一九九六年六月十日《中央日報》副刊

美國人的三段論

大學時代讀邏輯學（理則學），有「三段論法」一說。即是以實物實例期使學生領略所授之教材目的。簡言之，教師以之整理學生已知之觀念也。於是第二段乃敷講教材，做出提示，將教材綜括出一普遍概念；到了第三段，使學生將此一形成之普遍觀念應用於其他方面也。比方說，張三為人忠厚，貌僅中姿，唯不善自我推銷，亦不好譁眾取寵，只是自我默默耕耘。二十以後，儕輩或仕途平順得意；或生意騰達，日進斗金；或婚配魚歡，早生貴子。唯獨張生寂寞孑身，名利齊福俱與之無緣。到了不惑之年，朋輩中早先一帆風順者，忽然失寵投散；或事業經營因貪婪挫敗；或中年剋妻，子女以管教欠方不幸誤入歧途。而張生四十娶得如花美眷，夫妻二人克勤克儉，小本經營餐店，因為人忠厚，生意漸坐大，如日中天，到了花甲之年，儕輩凡得意發跡於先者，大皆人仰崩析；而張生實已家財萬貫，一雙兒女資穎志美，讀書出人頭地，一家幸樂。三段論曰：大器晚成，後來居上。

然則，友邦美利堅合眾國一般人民，對於前述故事雖不否認，卻非欣賞。或曰張三為人屬性太過謙遜，忠厚有之，畢竟不夠積極。四十始告得志，虛度了二十華年，是得抑失，並無定論。美國之販夫走卒，其人生哲學異常簡明。依我棲遲花旗三十餘寒暑所得，歸而納之，不外十六字，曰：「大比小好，快比慢好，新比舊好，進比退好。」我因名其為「三斷論」。斷者，武斷剛愎，斷章取義也。

三十年前初至美國，只感地大物博，土美民富。男人形象，多半是方面闊額大耳，體材魁高，虎背熊腰。君不見，美國漫畫書上、卡通電影上的英雄人物，泰半都屬於此一類型。至於女人，在男人眼中，是要豪乳肥臀，血盆大口，圓瞪杏眼，撩人金髮。瑪麗蓮夢露便是一般人咸認的夢中美女。即以食衣住行來說，美國的芹菜蘿蔔和豆角番茄，體碩長壯，歎為觀止。他們吃肉吃魚蝦，都以大塊著稱。當年曾有美國朋友詢之於我：「何以中國人吃肉非要切割成小塊不可？」我乃譏之曰：「中國人吃肉，並非一定切割成小塊。紅燒肘子即為一例。倒是美國人的碎肉(ground meat)較之中國人一般食用者更為屑小，不是嗎？」「那種碎肉，我們吃的時候，仍是積小成大，漢堡就是一例。再者，碎肉在正式餐用時很少很少用，那畢竟是一般的吃食。」我的朋友如此辯說。然則，不管我的美國朋友如何解說，他們的飲食總令我難免想起茹毛飲血的初民方式來。他們喜歡大，討厭小。如果你到市場去買雞蛋，很奇怪的現象是，你看不見標寫著「小」的雞蛋，因為小號雞蛋已經事先升級，被標成中號了。原來的中號變成了大號。據此類推，原來的大號便成了特大號（extra large 或 jumbo）。此一現象，時至今日仍久延不爽。美國人還喜歡「膨脹」，心知肚明僅止三分，卻定然要說成五分；有五分把握，則必表示出十拿九穩來。於是乎，「超人」(super-man)一辭便應順而生。此公呼風喚雨，無所不能，端的了得，大人小孩俱皆愛之若狂了。上次主演《超人》的那位仁兄因墜馬摔成殘疾，如今起居都身在輪椅，我曾經慨乎言之曰：「雖屬不幸，但超人先生似也可休息休息了。」不但「小」為老美所不喜，即便「中」也連帶遭到失寵命運。學生到了「中學」階段，他們棄「中學」(middle school)一說，向上攀升，說成high school。我們的「初中」說成junior high school，高中便是senior high school了。第二次世界大戰，小小島國日本，居然讓老大美國吃足了苦頭，我看美國的兩顆原子彈，為甚麼偏要投擲在扶桑，而不投在歐陸的納粹德國？何以只有美國的日裔花旗臣民被關進了集中營，而德裔美人則逍遙無憂？除了種族主義多少暗中作祟外，日本的小，似乎也倒了邪楣。

三十年前我剛到美國的時候，一般家庭所擁有的汽車，泰半以上都是似「超人」般方面大耳的「大號」(full size)車。有時三五青少乘坐一塊形如破銅爛鐵的老舊大號敞篷車裡，收音機音量大得三里之外猶可聲聞，呼嘯市中，那是習以為常的事。為甚麼要開那麼一大塊廢鐵？我曾為此思索再三，終得一「大」字解。蓋大車寬裕舒適，也顯得風光氣派，只有大爺有錢的美國人、方面大耳虎背熊腰的美國人、房舍華大路面寬闊的美國人才配開馳如此龐然大車。可是，彷彿是一夕間事，在七十年代世界發生汽油荒時，破銅爛鐵大塊文章的汽車突告聲悄形隱，近乎絕跡，而小車竟當令了。不過，美國人滿腔「由大歸小」的意不能平憤懣，似乎並未發在素有暱稱「小甲蟲」(Little bug) 由德國引進的小型人民車上，偏是來自東洋小日本的小型汽車，遭到方面大耳的老美飽以老拳，許多代銷該等小車被捶成齏粉。而不久，一向為美國稱許的在臺灣島上的自由中國，竟遭美國遺棄，轉而向死敵中國大陸的共產政權示好建立邦交了。我的三兩位美國朋友就曾親口如此這般地說：「臺灣蕞國，何堪代表中國？我們要的是那一大塊的中國。」肥肉吃下喉了，怎麼樣？智慧財產權及人權問題，相繼被中共以巨掌左右開弓掌臉，骨鯁在喉了。俗語說「是狗改不了吃屎」，美國人嗜大的戀狂，恐怕非是短期可以矯正過來的。

「大比小好」未必，則「快比慢好」又如何？在公路上，時速在七十年代因油荒而減緩，加州自每小時六十五哩減至五十五哩。但是，一般人在公路上增至每小時六十哩，大致是不會有問題的。最近加州議會終於通過將部分州道行車速率恢復每小時六十五哩，大獲市民激賞。在學校中，或在社會上，流行一種叫做「速讀」(fast reading)的方式。我的學生中就有許多因此而造成「不求甚解」的消化不良症患者。休言一目十行，二十行又當如何？在一般市民生活上，「速食」(fast food)一業之興盛，非無因也。美國雜文專欄作家包可華氏某次曾在《紐約客》(New Yorker)撰文譏諷美國人貪快之風。大約言有甲、乙二人馳車自某地往某地，相約在目的地某處碰面。甲比乙早到了不到十分鐘。乙至時，見甲正在吸菸眺望街景。甲對乙曰：「老兄何其遲來耶？」乙曰：「老兄雖稍早來了，但我也到了。君早至十分鐘，所為何事？不過吸菸一根而已！」接著是包可華氏借乙君之口呼出的幾個「又怎麼樣」(So what?)的重語。猶憶當年展讀包氏大文至此，不禁擊掌拍案大呼曰：「嗟夫！大哉包氏之言！」

「新比舊好」又如何？美國人尚新、崇新，應是根深柢固。這當然與科技之日新月異有直接關係。他們的日用品的顏色款式年年翻新，其物之流行等，都斐然成風。有些學生，對於二次大戰近代史，已經覺得遙不可及。我曾問學生韓戰發生之年月，竟頹然良久無以為對。這也難怪，韓戰是發生在他的祖父的那一代，其父尚且未降世間，該生又何曉數十年前事！

美國的流行歌曲，最足以代表這種「新」的觀念。我在中學大學時當年常聽到的流行曲子，時下的小青年已經認為是很久很久以前了。你到美國的博物館去參觀，一百年前的遺物，他們都珍之如寶。他們說：「新比舊好。」

真的嗎？有一次我多少有些挑釁似地對一位堅持「新比舊好」的美國友人這樣說：「新

比舊好，在原則上我同意，因為新代表進步。但這並不意味新的東西一定勝過舊的。比方說，我們所謂的『骨董』、舊書、舊唱片、老房子、老牌汽車……都是收藏者的最愛。否則，這些東西怎麼會價值昂貴呢？」最令我的美國朋友無言以對的，是老朋友比較容易相處。誰沒有個把老友？

至於以退為進的哲學，是一種知己知彼的戰略，可惜嘴上無毛的美國人很少能理解其中奧妙的。他們認定了「不進則退」，但是「以退為進」就把他們搞糊塗了。於是就顧不了「退一步海闊天空」了。

——一九九六年七月三日《中央日報》副刊

書藝淺說與造字新論

最近收到臺北寄來的《漢聲雜誌》八十七、八十八期（三、四月號）合集傳統民間美術字專刊《美哉漢字》一巨冊，對民間美術字（諸如添飾字、組畫成字、組字成畫、嵌畫字、複合字……等）各有專家專文述說，圖文並茂，洋洋灑灑，至感欣喜。我因身在海外，且在大學教授書法一課，雖未涉及傳統民間藝術字之講授，然對中國文字之藝術美，則由衷感服。海外傳揚，可謂不遺餘力。而海外生徒，經我講解宣揚之後，大都產生了富足的興趣，爭相習書。反之，對於國內的中小學生而言，則倒覺得書藝一課，於年輕學子反是成了累贅包袱。他們對於傳統毛筆的運用，可能尚不及使用筷子之得心應手（老實說，許多人對於筷子的掌握極差也根本不及格）。尤其是當今社會進入電腦時代以後，科技取代了一切，青年人趨之若鶩。於是乎更把傳統的書藝及創造此項藝術的工具——傳統毛筆，置諸腦後，不屑一顧了。

我離臺棲遲海外已久，不知今日臺灣小學生是否仍有「書法」一課之開設？當年我讀小學的時候，有習字課（大小楷），必用毛筆。裝了墨盒置放書包中，帶到學校，常因墨汁翻灑出來，把課本都塗抹得一塌糊塗。除習字課外，一直到高中，都另有「作文」課規定須使用毛筆，雖是每週一次，但絕不可以鋼筆鉛筆取代。還有每週一次的課外作業「週記」，也規定必用毛筆小楷正體書寫。我在臺北洞天山堂家中，仍保有過去的光榮紀錄。可以說，在我的早年時代，「書藝」是與學生極為關係密切的，這也可以說是政府對於傳統之重視。

基於此，當我翻閱《漢聲雜誌》一遍後，不禁百感叢生，有一些話，如骨鯁在喉，便思一吐為快了。

「書藝」(calligraphy)一語，簡言之，意謂不論何種語文，用手書寫出之人類思想活動也。然則，如我所知，當今之世，「書藝」一語，大約只有咱們中國，是經由政府大力提倡，規定學生自幼勤習，而為人民所熱愛，珍之為藝術形式的一種了。基於此理，我們也似乎可以稍微大膽一點說，所謂「書藝」，或許僅係對中國文字手寫形式專用了。這種手書的「筆跡」，當今之世，恐怕除中國外，沒有任何一個國家，是在政府的勵倡輔導之下，受到人民的普遍重視的。

倘如我們把一份中文的古典文字手抄本來與一份英文古典文獻手抄本比較。我們可以發現，所謂的英文手抄本充其量僅是一些排比整齊的字跡而已。整體言之，它就是缺少如中文手抄本那種我們熟悉可親且覺變化多端的藝術性。簡言之，其所以如此的主要原因，在於英文手抄本的「字」跡僵硬，缺少變易之通體性，而受到二十六個字母的先天限制。英文二十六個字母所組成的基本筆畫，不外曲線、直線、弧線、斜線數種；再加上點，如此而已。非僅此也，各線條點畫之完成，由始至終，粗細一致，完全不似中國字組合的多變：橫、直、鉤、撇、捺、挑、點諸筆畫，形式多多，組合佳妙。反之，用英文字母拼寫出的字，顯得呆滯，形體上毫無藝術美感，僅是上述幾種線條重複組合而已。英文通常在一章節段落起首處，有所謂的「花體」為之襯托。但該等花俏並非字母原有之一部分，而係用來專作裝飾之用。尤有甚者，該等裝飾部分，都係慢工細活，用拼塗法弄出來的，不似中國字的一筆一畫全是「寫」出來的。中國字筆畫之乾、潤，粗、細，強、弱，橫來直往，鉤挑落筆，降撇點化，都自成格局，且具有美的氣氛。自然瀟灑，輕重、濃淡、勻配，圖構天成。每一筆畫，絕對不似英文字的點畫，都有個性，依據書家個人才賦喜愛，自有節奏安排。所以予人的感覺則是靈巧生動，各秉天機。今再以英文為例，英文一定是自左至右書寫的基調，每一個字（或詞），都由二十六個字母中的某一批某一組拼搭而成，機械僵固。而中國字則是在一個四方豐滿的基式中，納入並展示輕重、強弱、乾潤的不同筆畫，姿美態麗。組成中國字的基本筆畫，計有橫、豎（直）、點、鉤、捺、撇、挑、橫撇八種。俗稱所謂「永字八法」是也。由此八項基本筆畫組成的字計約六萬，而由兩字甚或以上的單字組成的詞，則可以說是無窮無盡了。

中國字，姑無論是哪一體（篆、隸、楷、草等），就其筆跡來說，可被認為是一種書寫圖式的組合。基本上，其組成之每一部分，都並非無緣無故與其他部分拼湊一塊。而一個字的整體組造，關係著一部分與其他部分之間的有機血肉相連實情的存在。簡言之，每一個字就彷彿是具有生命有血有肉的組織，其上、下、左、右、四角調聯，部分與部分間的圓融安排，端非偶然。一言以蔽之，中國字乃是具有生命的藝術形式。

「書藝」的本質，即是由線條組成的藝術。每一筆線條，對我們來說，都會讓人興起某一程度的反應。不同的線條，便會勾引起不同的感官經驗來。西方畫家於創作時所使用的工具，無論鉛筆、鋼筆、粉筆、蠟筆抑或畫筆，其筆頭都係無非堅硬即是尖銳。而中國書家所使用的工具——毛筆，則是柔軟富有彈性，最能表現不同的風格於無窮無盡。我們都同意，且也一再表示，組成中國字的每一筆畫，都具備充沛的內在力，而此種內在力亦即自然運動的張力。對於這種內在力的獲取，端靠快速猛力拉拽的筆力是不能得到的。所謂筆力，源出手臂，下導至空懸的小臂，再傳至手腕，通過堅持的握筆手指，最後達於筆端。

一個稱職的書家，應該對於一己是否具有此種內在力有清楚的認知。易言之，即是說書家應該認知本身是否具有把內在力引自手臂心上，終而輸送到毫端的能力。只有如此，寫出的字才有力道。成功的一筆一畫，看來好似飄浮水面的一片乾樹葉。所謂「飄浮」，意指視力的感受。實則，那一筆一畫是力透紙背的。今天，一張複印的書蹟若與原件比照看來，彷彿二者唯妙唯肖。但，實際上二者大不相同。儘管複製品經過科學的分工處理，對比之下，似與原件難分異同，可是，依行家來看，複製品就是沒有力透紙背的驚人神力。君若不信，只消把二者翻轉檢視其背面，則可發現一個是「寫」出來的，而另一則是印出來的。印出來的就是欠缺凸出的跡象。而寫出來的一筆一畫，則力透紙背，墨與紙已經融成了密不可分的有機體了。「寫」的力道，乃由毫端及於紙面，它是源自人體身心的偉大力量。

現在，讓我們來稍事談論一下書家用筆用墨的問題。中國人常說「有筆有墨」，此為書家所當具備之條件。但究何所指？所謂筆墨，意指書家專有的於作書時的特殊力道。這是汲取了一定分量的墨，揮灑在紙上，期待產生某一程度的藝術效果的能力。易言之，書家必須具有此一能力，方能讓筆（力）與墨互相成全結合，達到最高的藝術效果。俗語稱說「龍飛鳳舞」、「淋漓酣暢」或「枯瘦如金」、「一氣呵成」，另有「飛白」、「氣勢渾然」、「長江大河」等說，都無非表示了對於書家筆與墨二者運用的稱許。

一個中國字，無非是純粹的由線條所組成的形式結構圖案。書家的工作，即在於把一些線條適當地組合在一個固定的結構形式之中，藉著「筆」與「墨」的神力，而表達出偉大動人的藝術效果來。易言之，一個字，是根據書家的喜好，借重某種形式的書體，用藝術的筆力將一些線條切實勻稱地組合在某一個特定形式之上。那麼，在這個特定字形上所展現的韻律，也就是此字的精髓了。按照中國人的說法，韻律的展動，有其一定的規則。通常我們可以歸納出下面列舉的一些對比性的解說來：前與後、聚與散、強與弱、乾與潤、疾與徐（或稱快與慢）、粗與細、肥與瘦、連與析等等。這也就是英文所謂的balance（平衡穩定）、symmetry（對稱）、tension（緊湊）、contrast（對照）、harmony（諧調）、proportion（比例）、confrontation（對抗）及yielding（依附）等觀念。

現在，我們可以來談談如何評論一位書家的技藝問題了。一個粗俗的人，當你詢問他如何介斷評定一位書家的技藝時，也許他會乾脆了當的這樣回答：「我喜歡某人，就因為某人所表達的方式符合我的胃口。凡符合我的胃口的作品，我就認為好。凡不合我的胃口的，我就不喜歡。凡是我不喜歡的，就不好。」在理論上，這樣簡單的評論，除了表達了個人主觀的好惡之外，並未提供任何評論的標準尺度。充其量，也僅僅述說了一個大家公認的極為淺顯的「品味」問題。那麼，我們不禁勢必追問下去，「品味」是如何得到的？它內在的蘊涵究竟是甚麼？為甚麼我們長久以來一直追索著如此的一個問題？試想，要回答這些問題，而且要圓滿地回答出來，便是如何重要了。

當一個中國人在研習了我們自古以來歷史上的大書家的技藝之後，再經由摹擬的階段，也許我們就認為他是自然而然自這些大書家的作品之中汲取到了某一程度的佳美品味了。好似「入芝蘭之室」一樣，身上所沾到芳香便與眾不同了。這樣的說法，用書道術語來講，就是某人士已經擁有了「古樸」的氣質。這也就是中國藝術評論家於書藝常用的說法。只有達到他們所持「古樸」的境界的書藝才是上乘之作。他們如此強調此點，其目的無非要杜絕「自我表現」，要訂出一個較為客觀可以普遍接受的標準，不至於各說各話。

所謂「自我表現」，是說在有意無意間，發自書家內心借重自己喜好的表達方式所展露的一種沾沾自喜的感覺。可是，「古樸」這條鐵律，正好就是捕殺書家洋洋自得的不二法寶。你如果任意鋪張吹噓自我，那就不行，不行就是低俗。打個粗淺的比方，一位厚施粉脂濃妝艷抹的女士，自認為嬌嬈美麗，而一般人則認為「糟糕」甚或「粗俗」，這就是最饒趣味最佳的說明。如何打扮才是高雅清麗，中國人常說「不施脂粉」，那便是訴說「天生麗質難自棄」的最佳用語。濃妝艷抹吾人認係「惡俗」，正是此理。這「雅」，首要便須具自己獨特與眾不同的藝術風格品味。

雅與俗，長久以來，一直是兩相對立的觀念。此二者之不同，只能細品，方知一個人是否獨具「品格」(personality)，是否具有藝術性(artistic)。如果我們把這項標準投擲在對書藝的品評上，雅與俗便自然顯現出來了，好與壞也就自然而然不待言說了。書藝的雅與俗，也便正好恰如其分表現了書家個人品格趣味的雅與俗。一個字的一筆一畫，都是經由書家內心蘊造的氣質而形成的字的整體藝術。書家的一幅字，從頭至尾展現了這樣的過程。每一個字的結構、藝術體現，再配合上詩文整體的韻感，就是偉大的藝術了。習讀古典，尤其是名家詩詞文賦，生活的淡化無慾，自然圓融的達觀生活習性，都是締造書家成為歷史上偉大藝術家的必要條件。

以上所言，都是自我們視書藝為一藝術形式的方面為出發點的。但是，在實用上，也許我們對於時下一般人的書寫標準，便有了不同的評論。比方說，最最明顯的一點，乃是古今所用於書寫的工具的異同，其所達到的效果便截然不同，大相逕庭。前面所說的「輕重」、「強弱」、「疾徐」、「粗細」、「乾潤」……等概念，都是以毛筆作為工具所達成的藝術批評標準。然則，今天我們於書寫文字時對於不同工具的使用，則大大喪失了前面所說的這些概念。試想，當你用鉛筆、鋼筆、原子筆、粉筆……等硬性的新文明產品的工具來書寫時，如何仍能要求前面提到的一系列的概念？基於此，依我之見，時下當我們持用新工具書寫時應該注意的方面，便不應該也不必要求藝術美，而實際上重點應該放置在字的結構上。把大小長短彎直一致的一些線條拼在一起，這已經不是「寫」字，而是「造」字了。造者，建造也。彷彿造房子建壩建橋一樣，把許多材料結合在一起。而造字，即是把不同的許多線條組合在一起，就跟小孩玩積木造屋一般。字的「形」是最為重要的。今英文所謂handwriting，就是說寫出來的字要整齊美觀，清清爽爽，不必表現甚麼個性。用新工具造出的字，談不上甚麼筆力，只要寫得齊整俐落，不像天書一樣，不似狗爬一般，就很好了。所謂「端正」，就是指不要寫得東扭西歪，其所講究的就是「比例」與「對稱」。掌握住了這兩點，一個小學生用鋼筆、原子筆或鉛筆寫出的字，我就給他一個「甲」等。所以，當今一個學生持用新工具書寫中國字時，一定需要老師實切的傳達出這層意義來。「造」字就跟造房子一樣，一定要求建造得四平八穩，不論高樓巨廈，或是小門小院的房舍，不能東倒西歪的，要不至於倒塌為主，這是建築的最起碼要求。達到了這項要求，才能次及建築之美。《漢聲雜誌・美哉漢字》專集中，中國大陸南京東南大學教授張道一先生，在其〈民間的美術字〉一文中，對於民間要求書寫的標準時，說：「論寫字，無非是把信息準確地告訴別人，只要合乎字的規範，寫得清楚、整齊，也就足夠了。」我非常同意他的觀點。因為他又說：「難怪中國的毛筆，不下點功夫，確實無法掌握，難以運轉自如。」誠然，我們不必期望每一個青年學子，都是大書家，但是，我們期待他們工工整整寫字，應該不是過分的奢望罷。

——一九九六年八月二十六日《中央日報》副刊

談「青年才俊」

1

數年前某日上午，在學校研究室突聞叩門之聲。原以為必是生徒有疑問訪尋，遂大呼「請進」。然則叩門之聲依然不輟，於是停工起座開門探視。門啟，見穿著齊整之華籍青年二人相立於門前。正以不識欲待相問，其一遞過名片一張，道云慕名前來相訪。一看之下，知係臺灣某大法律系副教授。而就在此時，乙君也掏出名片，遞交過來。細看之下，亦為臺灣某大社會系副教授。二子有禮，因愧無名片交換，連稱罪過。甲君展顏曰：「莊教授不必過謙。此次慕名過訪，未曾先告知，至感抱歉。」乙君繼之曰：「此次造訪，是想與莊教授談論一個問題。」他們是有備而來，這是雙線式的談論，並非我想像中的可以信口雌黃。一驚之後，遂動問不知二位意欲談論何事。甲君道：「絕非政治。我們只想與您談談女權問題。」糟了，這肯定是不得信口雌黃了。此一問題，我雖有興趣，然所知極有限，無法與興趣配合。二子皆係大學專職教授，豈可逞匹夫之勇不知以為知哉？於是赧顏笑稱：「這等問題，不是我舞文弄墨之人可以胡說八道的。二位尋錯對象了。」

甲君聞言，即刻肅容堅稱：「就請您隨便表示一下個人感覺，我們洗耳恭聽。」前言談論，如今又言洗耳恭聽，好壞成敗，皆由莊某獨自扛受，其間轉變亦大矣。臺灣才俊，好為夸夸之言，尤以青年才俊為然。前輩尊長，常不放在目中眉上脣齒之間。我如今果然大放厥詞，日後見諸報刊，一生所求，豈不隨水東流？況我一介書生，秉持器識，最忌夸夸，亦惡譁眾取寵。爭名奪利，向不為之。政治固不可亂言，知識文化又豈可瞎說乎？棲遲域外既久，修身養性，放開一切。聞達不問，閒雲野鶴，但以花甲一叟自娛，世事與我何有哉！今之女強多矣，而躍馬持戈之鬚眉亦大不乏人，廉頗老矣古來有之，而市井小子，手無縛雞之力者又豈可不自量力，胡亂拿破輪乎？想到此時，乃向二子告饒：「二位飽學之士，且學有專精，此問題實出我所學之外與熟識之間。動議逞辯，縱或有之；如今二子言說洗耳恭聽，則折煞我也。不敢從命。」

乙君見勸說不得所願，微顯不悅，於是取出香菸，想藉吞吐雲霧以遣志。打火機燃亮處，正擬點菸待吸之時，不意我曰：「對不起得很。二手菸霧，滯肺瀰喉，在下多感不適。先生意欲緩爽，容請門外自便。」乙君遂將口中含有之菸捲抽出拋棄，起立促請甲君曰：「我們來得不是時候。莊先生說我們找錯了人，我看真是找錯了人。我們不必再多相擾。走吧。」

於是甲君聞言起立告辭。

2

二君去後，不禁頓感心懷暢朗。前後將近十分鐘事，思之彷彿臺灣電視之肥皂劇，而自己竟然不期擔任了主角之一。事後思忖方才一幕，難免啼笑。而臺灣時下一批所謂「才俊」形象，晃在眼前，久之不去。「才」之一說，《說文》謂：「草木之初生也。」凡始曰才。才又可作「性質」解，《孟子・告子》云：「非天之降才爾殊也」，才通材，謂材能也。按《說文》解說，過千人謂材。《書經・皋陶謨》：「俊又在官」，鄭注曰：「才德過千人為俊。」如照現代人的理解，所謂才俊，就是「以一當千」的真材實料。不是被一些人俗化了的「能言善辯」的伶牙俐齒加上潘安之貌；也非時下一些想出人頭地，不顧一切用盡千方百計以求露臉的勇者。我們所稱的「才子」，是指優於前面所說「草木初生」者，而我們稱說的「才能」，即今心理學上謂凡人所具之特殊能力。所謂「才器」，言才且器局，「才氣」謂俊發之才具。如此看來，時下一般人所說的「才俊」，實際上已經離了譜，泛指有點「小聰明」的「小阿哥」，而又讚美生就一副出人儀表的容貌。今「才俊」一語，似乎必然稱說某人官面出眾，加上伶牙俐齒。至於是否真的具有過人學養韜略，就不是很重要了。

現在回想數年前初值之甲、乙二君子，大約可以歸入儀表堂皇一類的「小阿哥」。很可能這類君子，特別自恃，於是其表現也便有些特立獨行了。夫愛美之心，人皆有之，大家對於此類君子太過優寵，養虎為患，便發生不幸的後遺問題了。若是他們真的才學超人，倒也罷了！糟的是既非真的才學過人，且貌宇僅只平平，居然自以為是，那就挺那甚麼的了。依我臆測，時下此種才俊可能多如過江之鯽，他們的言行自也隨之具有獨立偏高標準，世人對其渥厚容或有之，而他們竟毫不自謙，但以「俊俏」、「俊傑」自居。當社會上某一階層此類君子四處熠鳴時，華而不實的局面乃由之生成，嗚呼俊士多矣！

3

月前某日，隨妻赴某地某花店採購蘭花。此店料係臺灣移美人士所開設，蓋所僱用之促銷小姐二人，值我們入門時正在以國語交談中。兩位妙齡女士，打扮姿容可謂不差。其一稍頃款擺腰肢，前來動問：Hi! What do you want?不好了！我聞言一愣，不免四方環視，生恐店家或其他顧客誤以為我是歹徒搶匪地痞者流，那就糟了。蓋英文What do you want?一說，絕非中文「您要用點甚麼?」那樣的客氣寒暄,而實際上是極為不悅的一種表示,中文「你想幹甚麼?」或「你要幹麼?」庶已可為比較貼切翻譯。在甚麼時間甚麼場合國人會口出此言,我不必細述了。心想那位應有芷蘭蕙氣的妙齡國人少女心中所想,恐怕是想問:「您要買點甚麼?」但不幸多少被「才俊」意識毒害,自以為是的說出不當說的英文來(能來兩句洋文,似也正是國人「才俊」心理的一種)。也罷,其實表示「您想買點甚麼?」的用意,英文最通常的說法是May I help you? 或 Would you need any help? 最多說:What would you like? 那是不能把中文開門見山直直截截譯成英文的,是不能以警伯抓住嫌犯以盤詢查究的語氣出之的。才俊之災大矣哉!嗚呼!國人此種心中孽障一日不除,害己損己倒也罷了;但如為害他人,那就不合中國的忠厚為人處世之道了。

——一九九六年九月九日《中央日報》副刊

殘羹冷炙

昨天去公園散步，瞧見一位手推推車的閒漢，在一個水泥塑造的大垃圾桶口低頭掏揀。未幾，他掏到半塊別人食餘丟棄的三明治，一口放入了口中，躊躇志滿地拭拭嘴走了。

這樣的情景，我當年在中國曾看到。那時是兵荒馬亂的抗戰時代，後方的老百姓，衣不蔽體的乞兒老弱，隨處可見。那時也無有垃圾桶一物，因為這是安和樂利的社會才有的奢侈表象，只有「食有餘粒」的人方會隨手拋置。於是，垃圾桶似乎是八寶盒一樣的東西了。我當年在臺灣雖見過垃圾桶，卻絕對沒有看見在桶邊拾穢食充饑的人。美國，這是世界上的一等民生樂利富足的社會，社會福利制度極為精密詳盡的國度，教育的普及也絕對足以自豪，但是，怎麼竟會出現了無業遊民推車揀食垃圾的情事呢？我很不解。

美國的社會是一個多元民族共處共事的社會。少數民族雖說來自世界各方，但是，縱使多數民族的白人有時某些人會對他們產生歧視，只要努力不懈，發奮向上，原來不幸不穩的社會地位終會提升改善，機會很多，這也就是美國人自豪的「美國夢」的最好的個人理想。中國人就是自我提升的種族，大學校長、州長、參議員、地方政府首長、工商業界成功的鉅子大亨……都有華人可欽可佩的形象。我來美國三十有一年了，也去了不少地方，然則，我絕對沒有看到過在垃圾桶揀拾垃圾的中國同胞。我也沒有見過向人乞討的華人！七十年代及八十年代，曾經出現了相當多的「浪人」(Homeless People)，但是，這裡面並未有黃膚黑髮的中國人。早先的華僑，胼手胝足，迢迢來自神州故土，受盡折磨凌辱歧對，可是，三代以後，他們的家業建立了，力爭上游的結果，他們改變了自己的生活，成為美國社會的貢獻者。可是，黑人呢？他們的人民早經解放，他們的人數早就繁衍猛增，然而在社會各層面，他們出頭的地方實在有限，在社會的基層，屬於接受政府國家福利的人口最多的就是他們了。我所親眼見到站在垃圾桶旁揀食的浪人也竟是黑人。美國是一個個人主義發展到了極度的國家，個人不求獨立自主自給自富，是得不到社會上的同情的。命運掌握在自己的手裡，一味靠社會福利救濟，是不能改變個人生活的困境的，也永遠得不到尊重。

黑人的人口增加率正在快速成長。青少年已是子女三、四個的父母滿街是，他們只重量而不重質，到了社會福利吃靠不到的時候，怎麼辦？殘羹冷炙只可第一代人吃，吃到第三代第四代就說不過去了。

我幼時生逢戰亂，吃過殘羹冷炙，但是，我創造了自己的未來。我一直到現在都從來沒有輕視過別人食用殘羹冷炙，我也一向不喜莫名其妙的奢侈，以此顯示的不實作風。儘管美國人不認為「吃得苦中苦，方為人上人」是可以值得奉為圭臬的哲學，但是，我總是告誡自己，這正是自我提升的一個不折不扣的良機。吃殘羹冷炙不可恥，而到了第三代仍吃它才可恥。不知圖謀改善自己的生活，尚甘於此而產生墮性自棄才可恥。

大家都在說，二十一世紀是中國人的世紀，這也就是說，中國人的經濟環境首先改善，從而在其他方面也浮昇起來。我大約還有二十年可以生活在新世紀中，到中國人真正站立起來的一天，我一定手持殘羹冷炙，喜喜悅悅地慶賀中國文化的提升！

——一九九六年十一月二十二日《中央日報》副刊

教學一得

屈指算來，海外化番不覺已三十有二載矣。其間苦樂都有，不暇細表。

「化番」一語，或有文化自大之感。夫「文化」之謂，歷史越悠久者越當溯追而欽之明之廣之，此為人性，並無可厚非。我漢唐文化大昌大彰彩盛之際，西人之為番，實非過言。言其「化番」，實乃傳授我中華文化也。僅就「文化」層面言之，洋人也實在夠番的。

「文化」一詞，英文解釋為the act of developing the intellectual and moral faculties especially by education。西化東漸雖稱甚早，然對東方造成根本大變之影響，恐怕還是在近世西方新興科技大倡以後。我們的衣、食、住、行，在在受西方新文明之洗禮，終而發生大異。老實說，這與「文化」之關係微乎其微。所謂「道德」(moral)，是指行為上與原則有關的對與錯。英文對「文化」定義之解析，似稍嫌粗糙籠統。尤其加上了 moral faculties 一節，更有劍拔弩張的擴被性。我們對於「文化」的解釋，根據《辭海》，是「人類社會由野蠻而至文明，其努力所得之成績，表現於各方面者：為科學、藝術、宗教、道德、法律、風俗、習慣等，其綜合體謂之文化」。這要比英文的解釋詳盡客觀寬厚得多了。

西洋文化，骨子裡就存在著擴張性、強勢的洶湧，西風東漸，就是靠飛機洋槍大炮軍艦的火力，前來叩關的。西人把他們的「道德」強行推銷到我們頭上，說穿了，這就是侵略。既是侵略，何「道德」之有？推銷基督宗教、強售鴉片，哪裡有一丁點的道德？甚且，西人的「對與錯」標準，異常主觀專斷，凡他們認為是對的，別人倘不接受，那即是錯；而我們認為對的，他們則多半認係不可思議，於是乎不以為然；不以為然就不好，不好就不對。那就錯了。時至今日，二十世紀行將告終了，我的洋生徒中就居然仍有人認為中國人用兩根小棍子（筷子也）吃飯，簡直是滑天下之大稽的事。不用刀叉，那就錯了。但是，他們用手抓吃漢堡就可以，那就是對。是不？

我在西域講授華夏文化，為期生效，最重要的端在提起學生興趣。興趣一經提起，可謂水到渠成，已經生效一半。提高興趣的辦法，最忌說教——這是洋人最討厭的方式，必須深入淺出，以趣味生動取勝。比方說，洋人名姓中就有許多不甚文雅的，確乎令人好笑。甚麼Lovejoy、甚麼Armstrong、甚麼Shoemaker等。某次，我即對生徒中一名姓「鞋匠」的同學幽了一默：「閣下望之彬彬儒雅，一派書生氣象，豈是為人修補皮鞋之輩之後哉！」對一名姓氏為「胳臂粗」(Armstrong)的同學笑稱：「閣下白皙瘦弱，豈是膂力過人、魚肉橫行之人！哪天一位姓玄（黑也）的華僑當選了總統，入主白宮，那白宮就熠熠生光了。」

一言以蔽之，洋人的名字通常就是那麼慣常習見的亨利、詹姆士、約翰、克里斯多夫、瑪麗、伊莉莎白……等十數個名字，聽多了看多了也就弄不清孰是孰非了。這就不若中國人的名字，一個「強」字，絕對不會想出跟胳臂上發達的腱子肉有關的說法來。絕對不會有人以「強人」為名的，剪徑強人，連《水滸傳》裡的英雄好漢都不屑以此為名，滅自家志氣的。起名字，中國人一向重視音義兼顧，而且要弄得雅一點，通常習見的有「自強」、「志強」、「力強」等。如果再根據某人家庭特殊背景（比方排名），那麼跟「強」可以相提並論的就何止百千了。

總之，中國傳統文化中的「禮」的概念，便大約可以在一般人的名字中反映出來。我們重視「意義」，不是僅僅一名而已。強調人與人之間的尊卑、長幼、親疏，這種「恰如其分」的觀念，最可在親屬關係詞的稱謂中見出。祖字輩與父字輩與下一輩及孫輩，父系母系雙方，只要一個稱謂，就把關係清楚地勾勒出來了。「姑姑」和「姨媽」是絕對不可能錯呼的，不像英語只道出aunt，如果不加以仔細追究，也就一語帶過了。「堂哥」與「表哥」、「嫂子」與「小姨」，絕對不同。不似英文在特定稱謂上再道及名字那麼生猛自以為是。如果不幸「嫂子」與

「小姨」都芳名「琳達」，又當如何？英文的in-law是圓不了場的。我就曾以此把一個甚為英文辯護的洋人給擺平了，讓他啞口無言。

漢語中豐富的親人詞彙是反映出歷來的農業社會的面貌。從事農業勞動的人們世代定居某地，左右方圓大概都是血親姻親，豐富的親屬詞彙便也大大便利和提高了社會的交往。從這樣的詞語中，我們也不難見出社會上不均衡的現象及「重男輕女」的觀念。但，不管怎麼說，這都明確的反映了中國長期社會（父系）的歷史、文化及經濟的變遷。比一個「亨利」一個「伊莉莎白」要清楚得太多了。

——一九九七年一月四日《中央日報》副刊

飯來嘴張

去年年底，妻返臺省親四十天。家中巨細悉由我來接管。有子二十五歲隨側，但係在海外成長之現代少年，不能期盼他可事事助你一臂之力。如果他可以諸事料理妥善，無須為父者操心掛懷，已是中了大獎。妻在家時，身為總司令，指揮若定，紀律嚴明，賞罰有則。酒蟹居祥和一片，內外生輝。但於總司令此次返國述職期間，職給由四星上將軍長（兒子）暫代。勤務兵在下，轉而向新上級效忠。疊床洗衣、灑掃吸塵，晨拾報紙、晚倒垃圾，買菜蔬等，勤務兵責無旁貸，一肩挑了。然最頭大的事是尚須身兼廚司，每日晚餐，公餘主庖，恭請代司令用膳，暗中偷窺軍長大人容顏，於是就想到總司令在職時，因曉大理，飯來嘴張的福樂便思之不已了。侍候總司令容易，侍候代司令卻非易。在下使出渾身解數，涎臉迎之，曲意奉承，一副小李子嘴臉，卻仍不免軍長大人白眼珠對待。箇中道理，細思忖度良久，終於恍然大悟：易與不易之間，端在肩上五星四星之別耳。真司令與代司令出入差異大矣哉！

回憶幼少時，母親每日於公務之外，烹調主廚為一家六口炊煮辛苦。其時民生艱困，一日三餐能夠平順維持已屬不易。如今思之，飯來嘴張，何幸之有。家父生前，一生有飲酒習慣，每飯必飲，母親總是調製下酒小菜一二式供其佐酒。父親也就在飯前獨飲少許。然與家人同桌進膳之時，間有挑剔，我們做孩子的與母親便都低首靜食，不發一聲。現時那樣的時代早成過去，一般人家中，民主氣氛多多少少彰顯，飯來嘴張心裡有數。即使挑剔，也善改建言方式，柔語輕聲，甚至彷彿玩笑了。而今之少年家庭，為主婦者精明能幹、學有專長者多有，但於烹調之技，則遜色矣。家人每多果腹充飢，實談不上享受，已經失去飯來嘴張的樂與福了。

飯來嘴張的哲學，應該自「施飯」與「吃飯」兩方面來看。賜飯者造福人群，當每每考慮受惠者的要求，擇善而為。不能自認施恩於人，於是擺出一副妄自尊大態勢。倘若予人有了「大爺賞賜」的感覺，搞出「愛吃不吃」的嘴臉模樣，那就糟了。而受惠一方亦應體恤賜飯人之辛勞與照拂，不可有不知感激圖報，一味挑剔的心理與作為。雙方都能做到約己度人，精益求精，則不天下太平，交相稱善者，未之有也。

這樣的理念，倘若移用到政治上，飯來嘴張的哲學似應廣為推行。政府就好似主庖賜飯之人，如果能夠多方面體察人民之需索棄摒，將菜式逐次更換精進，發揮出天下美饌一手調之的藝術，則人民當可額手稱慶了。共產主義之失敗，姑不談大理論，即以烹調為例，政府總是站在施捨地位，而不知更改精進，那種「捨我其誰」的作風，久之令人生厭。易言之，「造福」必為政府堅信不移目標，人民不擁之愛之，未之有也。共產主義本以人民為本，可惜主政者但以青菜豆腐稀粥為施，從不更改菜式，人民想偶然來點番茄炒蛋、蘿蔔乾炒辣椒竟不可得，人民想自己主廚又不可得。於是乎，人民爭圖另起新爐新灶的局面就出現了。於是乎，蘇聯瓦解，民族小國紛紛前後獨立；德國統一，東歐新勢丕變。瞬息之間，馬克斯雖長存地下，然其陰魂早就雲煙四散了。

共產制度之崩析既如前述，但在走上西方三權分立之途的國家，卻亦不可一味拋棄自己的文化本位，髣髴暴發戶一樣的大吃大喝。對於飯來嘴張的問題，切不可掉以輕心，而必須慎重。議會之產生，是為了監督政權之過度膨脹及濫用，而作出制衡作用。然則，議會的權責並不表示因持有民意而一味對政府的政策及施政盲目反對，弄得天下大亂，人民垂手不知所措。這意思就是說，有飯來嘴張的福分的人，不要任意挑剔。主庖廚的人做不出滿漢全席來，但能弄出鮑魚鵝掌、海參烤鴨，而非終日青菜豆腐，這已經很好了，應該知足了。

我在這裡說的「飯來嘴張」哲學，淺顯易曉，沒有甚麼大理論。但時下許多人專愛談大理論，很多事關一己的原則卻全然漠視。終天要吃滿漢全席，這種人不是錯生了時代，便是根本不懂吃的藝術的可憐蟲。

——一九九七年三月八日《中央日報》副刊

甘為孺子牛

學習中文，有一個好處，即是上下左右任意隨之，都不成問題。俗有「迴文詩」一說，便是自上而下，反下為上，都讀來言通辭暢。寫匾額，歷來自是由右至左，但是西化東漸之後，雖政府未有明文規定，時髦的現代人定然提筆由左至右，便也不能硬說其不當不適，反正讀得通就行了。中國大陸自立國之後，提倡西化不遺餘力，他們的報紙、雜誌，甚至一般書冊，皆係橫排印行，你也不能強說其非。連字都簡化了，誰還管它左右上下。

這是中文的獨特異行之處。西洋文字便無有這般巧妙方便有趣。比方說，中文說「我揍你」，反過來就是「你揍我」。主、客易位，但語法都通。如以英文為例，說成I beat you up. 是自左而右，你就硬是無法似中文一樣，反過來讀語法也通順。必須另作安排，書成You beat me up. 才行。說起來，中國大陸的書刊，有關學術性的，凡是引用外國（尤指西語）語文材料，自左至右，便甚為順眼明瞭。不像港臺所印，讀者必須忽而左右徬徨，忽而上下一目，諸多困擾。

臺灣的學者及許多衛道之士，總是在文字應否簡化上著墨，我還沒有看到有關學術性文章於引用洋文時，是否可以自左而右，用於排版鉛印的。我認為政府應該集邀專家學者（冬烘君子不在此列），把這問題公開討論一下，作成結論，讓社會大眾有一個案例可循，不要再在簡體字應存應廢或注音符號應存應廢上，聲嘶力竭，劍拔弩張了。所謂「學術」，必須客觀、冷靜，不可意氣用事。互相踢打，那不是學者的行為！

撇開那樣嚴肅專大的話題。中國語言，在人民一般言說書寫上，都常見非常豐饒有趣的事例。譬如說某人懼內，現代人說成某人害了「氣管炎」（妻管嚴）；丈夫在國內經營賺錢，妻小則外移美國，現在國人稱之為某人有「內在美」。內者，「內人」之謂也。中國大陸流行的順口溜，把許多習用的成語俗句串連起來，諷刺政界及民間一般現象，更是精彩十分，令人噴飯。這都不是洋文可以望其項背的。

在美國，孩子生於斯、教於斯。中國父母必須具有彈性的態度，凡事不可兩極化，要合情合理。比方說，我的一位老友，都是大博士了，在家卻永遠擺出過去傳統中國人父親的威嚴面孔，動輒對小孩呼三叫六，大聲斥責。女兒房間裡收音機音量過大了，而且放播的是現代鏗鏘有聲的音樂。為父的一怒之下，不發一言，排闥而入室，一手關掉開關。女兒是在美國這極端重視個人自由的國度長大受教育的，對於父親如此無理、偏見、野蠻的行為忍無可忍，於是厲色質問道：「你進入我的房間，怎麼連敲門的規矩都沒有？」父親大聲咆哮曰：「甚麼你的房間？我是一家之主。這是我的房子，我有權做我想做的任何事。」女兒氣急敗壞地說：「沒想到一個大博士竟是如此這般。算了。」女兒搬出去了，兩年未返家門。我的老友大博士固然耳根清靜了，但是女兒丟了。

一般來說，在美國的中國父母，如鄙友者甚少。大多知道如何督導教育子女。做丈夫的大多如魯迅所言「橫眉冷對千夫指，俯首甘為孺子牛」那樣，樹立了自己「孝子」、「孝女」的榜樣。孝者，孝順也，動詞也。就是如何去討好兒子女兒。拿我自己為例，太太返臺省親，於總司令留任述職期間，我這做勤務兵的，使出渾身解數，大力侍候「四星上將軍長」兒子。每日疊被鋪床、打掃浴室、滌洗盤碗、派發信件、調湯做飯、接錄電話……比侍候總司令麻煩多了。不過，父子相依為命，看在這一點上，小不忍則亂大謀，予知之矣。古有二十四孝，如今加上在下，似可以書成二十五孝了。

——一九九七年三月十九日《中央日報》副刊

談色色變

北京大學中文系教授嚴家炎先生贈我一冊他的中國現代文學論集《求實集》大著。內中有〈讀《阿Q正傳》札記〉一篇，寫道：

我們常常引魯迅自己的話，稱〈狂人日記〉為憂忿深廣之作。其實，何止〈狂人日記〉一篇如此，同樣的評語移用於《阿Q正傳》甚至更為合適。只要讀讀作者為俄文譯本《阿Q正傳》寫的序，我們就立刻會從字裡行間感觸到一個偉大愛國者的溢於言表的悲憤感情：「造化生人，已經非常巧妙，使一個人不會感到別人肉體上的痛苦了，我們的聖人和聖人之徒卻又補充了造化之缺，並且使人們不再感到別人的精神上的痛苦。……現在我們所能聽到的不過是幾個聖人之徒的意見和道理，為了他們自己；至於百姓，卻就默默地生長、萎黃，枯死了。像壓在大石底下的草一樣，已經有四千年！」

……魯迅寫作《阿Q正傳》時的心情，豈只如他自己所說的「孤寂」，實在是充滿了痛苦和鬱憤的！他心頭正燃燒著一團灼熱的火，一團要燒掉國民病態心理的火，一團要熔煉出新的國民精神的火。一句話，這是民族自我批判的烈火！

「像壓在大石底下的草一樣，已經有四千年」的萎黃色，是魯迅所施於民族文化垂危了無生氣的顏色。而「一團灼熱的火」，代表著紅而且燦亮的色彩，就是嚴氏所繪出的照明人間的亮麗顏色了。中國文字的精彩之一，便是以一字代表形容了許許多多層次的現象，彷彿黑夜中的孤燈一盞，洋溢著引照著遠近的漠然暗索的希望的光亮。就像是日出江花，霞芒一片。如魯迅及嚴氏所用之黃紅二色，不僅是色，而實際上卻充盈了動感，讓人去深切體思，我們的感情也就跟隨著提騰起來了。

嚴氏還說：「《阿Q正傳》大約是魯迅小說中孕育時間最為長久的。如果把作者最初從生活中無意地受胎的階段算上，那麼這篇小說的實際孕育時間，也許同魯迅考慮國民性問題的時間一樣長。這個過程是作者眼見民族的危難、辛酸、血淚不斷淤積，國民的愚昧、痛苦、麻木有增無已，因而經受著內心的長期煎熬與痛切思索的過程。」那麼，嚴氏所謂的「萎黃色」，也就可以說是「古道照顏色」了。古道與萎黃的顏色交相配合起來，那也就是夕陽衰草，漠漠前曲的一條黃土小道所帶給我們的情景。這樣的形容，不用敷施性極強的形容詞，而是一種寫生的手法，這也即是中國文字的偉大魅力了。我們不僅看到了壓在巨石底下的枯黃的草色，而那雙掀揭起巨石的掌，紋路井然、皮膚乾皺的缺乏血色的掌，都在我們眼前如燈亮起。

於是我想到了與魯迅同時代的作家周作人（魯迅的胞弟）來。他在《談虎集》的序文中這樣寫：

> 《談虎集》裡所收的是關於一切人事的評論。……我這些小文大抵有點得罪人，得罪社會，覺得好像是踏了老虎尾巴，私心不免惴惴，大有色變之慮。

說「色變」而未道及何色，這正是中國文字獨到的精闢的特長。俗語說「春光浪漫」，用陽光及流水給你無盡動感，豈僅區區顏色而已！這種洋溢舒豔詳好的描寫，太美太好了。

俗語說：「面不改色。」是甚麼色？並未有一形容詞道出。但這一「色」，卻給予聽者、讀者或觀眾想像的空靈。我們得以想見，第一種面不改色的人是修行功夫獨到或極大的人。他們對於所為所言，毫無赧愧，這就是對於做了虧心事的庸人的反面描寫。第二種人，則偏偏就是做了不該為的事，但故意裝出坦坦蕩蕩模樣以為掩飾的人。究係第一類抑或第二類人，描寫的人並未明言何色，但被喻知的對方，卻掌握住了要點，作出會心微笑了。這就正是中文的博大精深之處。中文裡頭尚有許許多多所謂的「顏色」，對於外國人來說，他們是為之瞠目結舌的。譬如我們說「肉色」、「栗子色」、「土色」、「桃紅色」、「橘紅色」、「咖啡色」、「藕荷色」，除了道出各該顏色之具體，還給了你活動的原感。描寫女人的「杏眼」、「櫻唇」、「桃腮」，以及白居易〈長恨歌〉中寫楊貴妃「溫泉水滑洗凝脂」句，那「脂」的顏色盡在不言中，太妙了。以上所言，都不是僅僅道出特別顏色，而是帶給欣賞人的物我交感，這就比世界上其他語文高出多多了。這樣的實感，才是顏色的本體亮度。

中文說害羞為「臉紅」，這「紅」並非僅止一色，而是把何以面紅的原委都和盤托出了。這是動感的色，我們似乎已經窺見了面紅耳赤的人的心。這種把色變的過程都投射出來的描寫，豈是如英文 blush 一詞可以道出！還有，我們說「紅男綠女」，倘若只膠著於色的本身，那目前中文的這個描寫老早就應廢止了。哪有甚麼中國男人喜著大紅色衣飾的（我似乎僅在唐畫中見到男人穿紅的）？倘若有男人穿了大紅大粉招搖過市，路人無不為之側目甚至有人呼喊「打」者，不為怪也。也許我們可以說，中文的這個四字俗語，是為外國人所設的更妥。其實，中文所謂「紅男」，並非但指衣飾顏色，而是謂男士的英俊充溢四方，一種健康的體態，正如紅色予人的鮮活盛艷富足精強的感覺。同樣的，「綠女」也並非但言女人衣著盡皆綠色，否則，那不是正如臺北北一女中學生的綠色制服上衣了麼？眾色皆綠，有甚麼好看？而此處的綠，正是中文表現體質實感悅目怡情的內在平和，而又青春柔情的美。一紅一綠，有如此多的千變萬化，點散處處的力量，端的不是其他語文可以望其項背的。這紅這綠，是亮麗動人的顏色！

「滿園春色」，「春」到底是甚麼顏色？春是光景，是感覺，是想像。這「色」，無所不包，無所不在。小溪、青山、紅桃綠柳、如茵原野、各種動物（巨細不論）、有動人表情的人……一切一切，全都由一「春」字包攝了！「黃毛丫頭」、「黃口小兒」，難道說小兒的嘴便是黃色？而稚齡女子體毛便是黃色？或髮色是黃的？我們如果能把想像轉移到黃絨絨小雞（鶵雞）小鴨的身上，便會拍案叫絕，覺得此一「黃」字所能展現的形容功能了。小雞小鴨所予人的溫馨之感，也就在一片舒目耀眼的黃色中脫顯出來。襁褓幼嬰及如玉乖巧伶俐的女孩，其青春、綽約、可愛、動人，於此處便也都不作他想了。「鵝黃」色，不但是以毛色黃黃絨絨的小鵝為代表，實際上除了顏色之外，那種投入凡世震撼生動的偉大力量也如融雪泛泛，春江遠淙，無所不在了。這就正是中文的精博高明之處。我們說「乳白」，那一「乳」字加在白色之上，便有著生命源歷的交感撼人力量，那麼濃郁的親和、浩威博大的感情，都在無盡的白色中襯顯出來。「雪白」，也是一樣。你如果見到原野大地上初雪遐邇的情景，那種人間宇宙潔聖貞麗一無虛偽的瀚緲情感立即會映在眼前，浮於心上。「青天白日」的「白」，也正是如此，「白」不就是white，因為英文的white未能把亮度表突出來。但中文的「白」字，就賦有精闢的描寫性。萬里晴空，朗朗乾坤，如洗藍天，懸照著熱力懾服萬物的太陽，那種氣象，「青天白日」簡單四字便完全呈現了。

最近接獲東岸老同學漢嬰寄贈《文化苦旅》一書。此冊乃是大陸當前散文大家余秋雨先生所著。隨手翻翻見有〈蠟梅〉一篇，對於蠟梅的描寫，就有一種盡在不言中的感受。這篇散文的背景，是作者所住的醫院。病人的姿容心態我們可以想見。他們對於痊癒可恢復精神體力健康的憧憬也可揣測。余氏描寫初見院中蠟梅吐馨，高雅淡潔的清香把病人全都懾住的景況，委實高妙。「吸口氣去嗅，聞不到甚麼，不嗅時卻滿鼻都是，一下子染透身心。」僅僅是一枝剛綻的梅花，便如此動人的在清寒的冬晨散發出無比的色與香了。「蠟」色，是滯凝沉濁的顏色（我們描寫人們不健康的面色「蠟黃」便是如此）。但是余秋雨先生卻把那麼死寂的顏色寫活了，他這樣寫：「在寒夜月色下把頭埋在花枝間，月光下的蠟梅尤顯聖潔，四周暗暗的，惟有晶瑩的花瓣與明月遙遙相對。清香和夜氣一拌和，濃入心魄。」夜、月、光，余秋雨都未特意著色，但是他竟把色寫活了。我們只消閉上眼，便彷彿可以感受到周遭的一切。

尤其那花，不正是點點希望一如聖誕樹上掛張滿結的亮晶晶的盞盞小燈光嗎？我在幼小時唱過的一首歌中有這樣兩句：「冬天如果來了，春天還會遠嗎？」在靜靜的寒冬之夜的月下，病人注視著枝頭的蠟梅花，心中湧起的生之慾念，似乎都令我們看到紅亮的血湧了。

談色色變，眼前突然霞光一片，共窗外滿園春色，繽紛遐邇。這浩蕩瀰天蓋地的中國文化絕色啊，美不勝收！

離離原上草，一歲一枯榮。野火燒不盡，春風吹又生。

我們看讀白居易的這詩，內中「草」的顏色，便由歲時的枯榮二字表出，而並未在實際的「色」上著墨，但我們所可見的則是青黃二色。這樣的色，托之於空靈心感，有一種深廣的境界，端的不是「青」、「黃」二字可以道出。下面「野火」二字，更是活龍活現，郊原火燎，那種動感真是怵目驚心的。但，一句「春風吹又生」，就將野火之後的大地鋪上一層柔綠甦發的綠色。春便是觸媒，春色便何其篤定浪漫的吹散在滿眼宇宙之間。讀者的心靈便也濡染令你呼吸急迫的綠色了。「枯榮」二字實在巧妙札穩，尤其是把它們用配在歲時中，讀白氏的詩便如身臨廣袤郊原，而四時遞嬗都在眼中轉換。區區五個字，由「一」開始，道盡古今。

那是何等的新藝綜合體的筆法啊！其實，一開始的那「離離」兩字，就把放眼望去一片綠交加的草原寫活了，而立即沾上了哀悽之感，詩人情懷，是如此博大；亙古之風，是如此沉重哀涼！但「春風」吹過，百物皆甦的景色，是那麼細膩地點在處處了，就沒有任何一個單調薄弱的顏色可與「春色」相埒的了。好詩！好詩！千古絕唱！

——一九九七年四月十七日《中央日報》副刊

「漂泊」與「飄泊」

前任行政院新聞局長、現任政大教授的邵玉銘先生近有大著《漂泊——中國人的新名字》一書之出版。本書敘述「學而優則仕」的邵先生童年因戰亂逃難北地、少年流浪臺島、壯年留學異鄉，飽經漂泊之苦。對於書名「漂泊」，作者自言：「對一九三七年起八年抗戰以後因逃避戰禍的中國人，尤其是一九四九年離開中國大陸而散居各地的中國人而言，若要形容他們的生涯經驗，則『漂泊』這一字眼最為貼切。」

我原則上頗同意邵先生的解釋。因為我自幼隨家四處流浪（因中日抗戰），一九四九年移居臺灣，六十年代浮槎負笈而棲遲域外，一甲子的歲月都在漂泊中度過。但是，對於壯年期出國的我來說，其動機是主動的鷹揚遠遊，並非無奈被動的「漂泊」。我想，對與我前後十年中離臺留學而學成滯留他鄉的人來說，他們定然會支持肯定這種說法。即使對《漂泊》一書的作者邵玉銘先生而言，他也定然不會反駁我的這種說法。從作者希望他的大著出版「是我人生旅途上漂泊的終止，幸福的開始」的角度來看，似乎他的去來都是主動的，至少在他的壯年鷹揚期出國留學，十七年間止於在美大學任教，而後毅然返臺的這一經歷，絕對沒有「漂泊」的實感。所謂「漂泊」，亦即俗話稱其為「流浪」之一語。那是十分被動（不得已）與悲涼的。邵先生的童少年與我及許許多多大約相同時期的中國人的童少年而言，說其為「漂泊」，絕對貼切。唯有離臺出海遠遊天涯的這一段，無論如何我是不同意如邵先生把它歸包在「漂泊」的意念中的。主動留學，躊躇滿志，榮歸故里，而竟言其為「漂泊」，則似乎太「危言」了一點吧！

漂泊，那是環境大勢所迫的全然不得已。放逐也罷，流浪也罷，都是無奈的。邵先生負笈美國，而後返臺任公職，那是「雲從龍、風從虎」的得志，即使在大環境中他是漂泊的中國人，但那也僅是一己的感懷罷了。總而言之，以「漂泊」來形容這一期間的自我，多少予人「志短」的慨嘆，絕對沒有「飄泊」的瀟灑浪漫。一字之差，其差大矣！「飄泊」則不同。「飄」與「泊」，都係主動自決。蘇東坡有「飄飄何所似，天地一沙鷗」句，真是唯妙唯肖道出了「飄」的意境。四十年代美國女作家蜜契爾女士所寫描述南北戰爭期中一段浪漫愛情的小說"*Gone With the Wind*"，經傅東華先生中譯為《飄》，把那生動的感覺完全表出，真是神來之筆。沒有看過蜜氏原著，也未讀過傅氏中譯的中國人，如果看過由費雯麗女士、克拉克蓋博先生主演的當年美國好萊塢奪得數項奧斯卡電影獎的鉅片《亂世佳人》，一定也會同意《飄》是獨具文藝感的翻譯，傳神之至，而《亂世佳人》就太過俗濫了。

杜甫曾有「支離東北風塵際，漂泊西南天地間」詩句，似乎頗能狀喻邵玉銘先生早年的感懷與實際，因其漂泊一也。辛稼軒詞云「味無味處尋吾樂，材不材間過此生」，這才是自適樂觀的逍遙。南宋詞家朱敦儒先生更說「自歌自舞自開懷，且喜無拘無礙」，雖背井離鄉，卻仍有「處處無家處處家」的灑脫，這正是在亂世營生的人應有的一點自豪與自嘲。終其極，還是主動積極的，而不是「漂泊」。

最近拜讀美國普林斯頓大學講座教授余英時先生談述古今中外知識人命運的〈漂泊〉大文，主要是敘述大陸的知識份子劉再復先生《西尋故鄉》一書中所寫這六、七年來的自我放逐生活，而引起余氏對中西古今知識人的「不默而生」的精神及憂國憂民的心靈發出慨歎與評述。他說：「他（再復先生）已改變了『故鄉』的意義；對今天的再復來說，『故鄉』已不再是地圖上的一個固定點，而是生命的永恆之海，那可容納自由情思的偉大家園。」於是余先生用莊子的〈逍遙遊〉來解釋劉再復的「漂流」。他說：「莊子一生追尋的『故鄉』也是精神的，不是地理的。〈逍遙遊〉中『至人』的『故鄉』是『無何有之鄉』，然而又是最真實的『故鄉』。只有在這個真實的故鄉裡，至人才能達到『獨與天地精神往來』的境界，才能具有

『舉世譽之而不加勸，舉世非之而不加沮』的胸襟。」余先生此處所舉證的，正是我在前面提到的「主動的逍遙」，這就更能為邵玉銘先生的「漂泊」一詞添附許多正面意義了。作為當今的有道德勇氣的知識份子的邵先生，我相信他一定會同意我在此處對於「漂」、「飄」二詞所作的闡釋的。余英時先生文中還說：「再復可以說是生不逢辰。因為他從入學到入世的四十年間（一九四九—八九）恰好遇到了中國史上一個空前絕後——至少我希望也是『絕後』——的變異時代。這個時代我們現在還無以名之，姑且藉『漂流』兩字起興，讓我稱這個時代為知識人『大流放』的時代。」大流放就是有骨有血有道德勇氣的知識人自為當為的生活方式，何「漂」何「流」之有？這樣的人，英文語彙中有Vagabond一詞，譯為中文，雅一點就是「浪人」（日語中常用）；通俗一些就是「流浪漢」，這都是主觀意識極強的生存活動理念及方式。最可愛的，是「浪人」沒有半點怨天尤人的習性，這與隨波逐流相差太遠太遠了。

陶淵明先生說：「雲無心以出岫，鳥倦飛而知還」，這正是對「飄」所作最佳的解釋。了無掛礙，坦蕩於心，才不會有「漂」的窘惑。

——一九九七年六月二十一日《中央日報》副刊

人獸之間

一九九七年六月二十八日，前世界重量級拳王美國黑人拳擊家麥克・泰森先生，應挑戰拳擊高手荷利菲爾德(Evander Holyfield)之請，在亞歷桑那州的拉斯維加斯舉行了一場近來各方矚目的拳擊大賽。未期在開賽的第三回合，泰森先生用牙猛咬挑戰者的右耳，一時血流如注，遍灑拳場。荷利菲爾德君負傷負痛，因此裁判即時叫停，大賽未分勝負，但此拳擊界的大賽卻因而終了。從實況轉播的電視畫面上看，泰森先生以巨無霸的大猩猩身材，站立一旁，並未即時致歉，兩眼虎視眈眈望著對方，彷彿餘怒未消，恨未將對方耳朵咬下來。

事後，全美嘩然，老百姓的呼聲尤為響亮。民意調查顯示，大多數贊成將泰森懲罰，肯定一段時日令其不得參與任何賽事。至於泰森何以獸性大發，在君子「動手不動口」的賽程中，竟然出人意表以利齒相輔做出令人不能想像的行為？事後媒體討論，大多認係泰森氏為了一世英名，眼見挑戰對方來勢洶洶（我們在電視上看，似確乎如此），在「明哲保身」、「好漢不吃眼前虧」的形勢下，甘願自毀形象英名，斷不可被對方打得如《水滸傳》中被魯智深打得「鮮血迸流，鼻子歪在半邊，卻便似開了個油醬鋪，酸的、辣的一發都滾出來」的鄭屠戶，於是情急智生，瞅巴冷子來個「牙攻」下策，矍亂之中收場，以全聲譽。究竟為何出此，人云紛紛，我們自不必管。問題是，事後泰森在記者會中「致歉」卻未道及因何出此「牙攻」之策。於是乎他的「致歉」也就成了批評指責人士及社會賢達千夫所指的對象了。

據此間聖荷西市《水星報》一篇對於此案的討論專文指出：「目前某些社會問題批評者持有這樣一種意見，即是，當今我們司空見慣的社會上公開致歉一事，好像變成一種對某些構成威脅的人的表演方式了，而並不真正具有誠摯的歉疚之意。」該文還說，美國人對於這種常見的道歉方式已經厭倦，認為某些人士採取這種辦法，就輕而易舉淡出，不了了之了。按照聖塔克拉拉大學「應用道德規範研究中心」主任湯瑪斯・山克斯氏說：「透過媒體作公開道歉似乎缺少一種發自內心的道歉應有的條件，即是天經地義的自我犧牲。我們所謂的道歉，實應具有此種自我犧牲的精神以示誠摯的表示遺憾。為此，我們期盼甚至要求致歉人必須作出賠償性的負擔。」但是，實際上，時下所謂透過媒體的公開道歉，通常竟淪變為一種「不過如此」的輕而易舉的公開表態（甚至變成一種「作秀」方式），並不具有任何沉痛惋惜的自責了。在政界、娛樂界，甚至文教界，先在精神或肉體上對對方作出無情惡意攻擊，然後來個「公開道歉」，表示自律。對於「逞一時之快」的行為表示遺憾的人，已經似乎「食髓知味」，尖酸苛薄，成為損人利己的捷徑了。

在科技發展快速，人們但求一時過目快感的今日，這種便宜便捷的公開道歉方式，竟成了許多擁有廣大群眾基礎的各界人物，登龍舞鳳復可逞一時之快打擊對自己構成脅迫的對手的一種不費事的手段了。「我已經道過歉了」，似乎成了這種人大言不慚、理直氣壯的出手王牌了。

說真的，尤以美國娛樂界（體壇也包括在內）的某些王牌大角為最，他（她）們的收入高達天文數字，於是乎這些人物便得意忘形起來，常逞口舌之快，為自己錦上添花。體育方面的明星們，更言行合一，獸行獸性畢露。這是自由民主制度的後設作用。諺云「有錢能使鬼推磨」，過分的金錢膨脹，利令智昏，經常表現做人以外的種種行逕來。比如說，男人戴耳環、鼻環、舌環、唇環，女人剃光頭，男人染髮……一樣一樣的自我推出，刺激社會上一般膚淺青年人士的學樣效尤，商家大發利市，而這般坐在鈔票上如飛氈一般的大牌們，也大把銀子撈進。久而久之，他們就成了不受拘束的人民喉舌。老子說：「道之為物，惟恍惟惚；惚兮恍兮，其中有象；恍兮惚兮，其中有物。」這些人的「道」，似乎已經是「盜」的翻版，他們的言行實際上真如「欺名盜世」，每天恍兮惚兮，只看見亮晃晃的大元寶，別的全在一片金光閃閃中消逝了。

——一九九七年八月七日《中央日報》副刊

鄉關

朋友送給我一冊余秋雨先生的散文集《秋雨散文》。正好值我放假在家，於是隨手翻讀，遂成了我的消暑妙品。冊中一篇名為〈鄉關何處〉，那「鄉關」二字，彷彿雲層乍破的陽光，照射得我不能張視。「鄉關」一語，但為羈旅在外的人所專有。地域性之外，文化屬性的拽牽，越遠越有魅力。就像日蝕，戴了太陽眼鏡看太陽，甘冒著雙目受損傷的危險，仍是禁不住要一睹為快。鄉愁便如欲瞠目對日的強烈慾望，在所不計，望不見也絕不罷休。這比戴了深黑的墨鏡還更直截。慾念恰似陽光，兩相引吸，遂發生了無比強大的力量。鄉，其實便似太陽一樣，距離地球長達億萬光年，在流浪人的心目中，有時即使咫尺天涯也覺迢迢無盡了。〈長恨歌〉中有「此恨綿綿無絕期」一句，最能表達此種無奈卻又不甘的煎熬。

我的鄉情，植根於幼年的歌曲中。說起來這是很不仁道的一項告示。試想，愚騃且又天真的孩童，哪知哪懂甚麼鄉情！幼小的年紀便已負上如此沉重長遠的情感包袱，當然是十分的哀痛了。如果說一個人的出生地是「鄉」的話，我卻對鄉陌生不堪、一無印象。至於離鄉之恨，也無由道及。我是不足四歲便離開故鄉北平而隨家流浪天涯遠走他鄉的。小時唱「念故鄉，念故鄉，故鄉真可愛……」，坦白的說，竟無一絲一分感情。對於沒有印象的故鄉激盪生情，那該是天大的虛偽矯情！因此，基本上我只能算是一個「失鄉」的人。有鄉，但無印象。鄉就在七七抗戰戰火起後失去了。抗戰勝利了都無由返鄉，繼續流浪而去了臺灣；離開臺灣也仍不是還鄉，而是去鄉更遠。一九八一年自棲遲的美國回故鄉，連故鄉的名字都由「北平」易為「北京」了。而我也已經四十九歲了。將近半個世紀方自海外賦歸，其實也只是暫訪罷。我實際上已然歸化了美國國籍，拿著美利堅合眾國的身分護照回中國，說是「還鄉」，也是相當有嘲諷意味的鼻酸事。好說歹說，我算是以魯迅命名的「假洋鬼子」身分名號回鄉探訪的。「歸鄉」而曰「探訪」，這也是很可笑可哀的形容，但對我確乎如此。對於「一無所知」——沒有一丁點的經驗實感——的故鄉，似乎也只有這樣了。比方說，那年我到北京，住在西城的「友誼賓館」，向鄉親服務人員打探故里，竟問：「請問白米斜街在哪兒？」（我未用「哪裡」已經自覺鄉音濃重了）這不是所謂「打探」又算甚麼！回鄉的人而竟不知故里，那也叫回鄉嗎？

可是，我畢竟是真的回鄉了。

有鄉可回，對我來說，已經算是幸運。在臺灣，跟我一樣的離鄉失鄉的人，多得是只知道故鄉不過是當年身分證上的籍地或地圖上的一個虛名。那些人，有許多也並未承認落籍臺灣，那他們的鄉究在何處呢？回答這個問題，余秋雨先生說得好。他描述寫出「日暮鄉關何處是，煙波江上使人愁」的唐朝詩人崔顥，在黃昏登上黃鶴樓時，孤零零一人，突然產生了強烈的被遺棄感。「被誰遺棄？不是被甚麼人，而是被時間和空間。」這真是高絕具有震撼性的回答。

近鄉情怯，俗語早就說過了。余先生說：「諸般人生況味中非常重要的一項就是異鄉體驗與故鄉意識的深刻交糅，漂泊欲念與回歸意識的相輔相成。這一況味，跨國界而越古今，作為一個永遠充滿魅力的人生悖論而讓人品謳不盡。」我與余秋雨先生從不相識，但是他超遠的意識竟與我這種棲遲域外、離鄉迢迢的人的心意貫串起來，余先生真是為許許多多流浪他鄉從未歸去的遊子道出了他們心底的隱情啊！

在一般的意義上，家就是一種生活。在深一層的哲學意義，家代表一種思念。只有遠行者，才會興起對家的殷切強烈的思念，基於此，對「家」的廣義來說，也只有遠行的人才具有。中國歷史上有無數的大變動，每一次的變動都會影響不計的人徙遷流亡，不是義無反顧，便是無可奈何，終而走進無言的史詩。我在寄寓江海三十餘年之後，對於「家」與「鄉」的意念，已經逐漸自地域性而上升到哲學性的思維了。俗話說的「處處無家處處家」最能邀得我的激賞。我在五十自壽詩上有兩句這樣寫：「大千處處可為家，隨緣何須著袈裟。」也就是「四海為家」的寫照，而不拘泥於狹隘的宗屬意味。至於「鄉」，我非常同意最近看到的余英時先生的解釋。他說：「『至人』的『故鄉』是『無何有之鄉』，然而又是最真實的『故鄉』。」所謂「至人」，也即是我們俗說的「得道之人」。道者，達生也。有了達生的胸襟理念，不滯不矯、寬寬容容、坦坦蕩蕩，也就可以上接雲漢，縹緲於仙鄉了。

中文「鄉關」一語的「關」字，用得極是。關乃狹隘難通，把「己」與「鄉」兩相隔開。必然是「己」的哲學思維，也即是離鄉之人的思情，與地域上的「鄉」忽然貫通流暢時，鄉情方會涓涓而出。因此，儘管身在關山萬里之外，我已沒有那種哽哽咽咽迴腸盪氣的莫須有情感了。

我讀罷余秋雨先生長達四十八頁的篇文之後，只有他說的一句話我不同意。他說：「擺脫故鄉的第一步是擺脫方言。」首先，「擺脫」就是由於被動而未能突破囿限才作出的努力。這就不是達到「至人」境界的行為。我們都實有故鄉，即使不能終老於斯，但長存心中，又何必刻意擺脫？這太不瀟灑自如了。再者，忘記方言，我認為這是一件愚行。不要刻意遺忘，因為母語是返鄉溝通時極關重要的一環。一九八一年我首度還鄉北京，同團八人中只有我獨操京腔，於是引來接待人的奉承：「您的北京話可真夠味兒，錯不了。」我一聽大樂，樂得是我完完全全被鄉人納接了。連唐朝詩人賀知章在他的歸鄉詩中也說：「鄉音無改鬢毛衰。」也就是因此，一群小孩子才「兒童相見不相識，笑問客從何處來」。不曉鄉音，那賀知章的感慨肯定便又少了一層了。

——一九九七年九月一日《中央日報》副刊

黛妃之死

與英國王子查理已仳離的王妃黛安娜，香消玉殞了，得年三十六歲。

那天下午我正在看電視上一個體育節目的時候，螢幕忽然打出字幕，說黛妃在巴黎出了車禍，已送入醫院求治，傷勢嚴重。突如其來的消息，令我還不知究竟為了甚麼發生如此駭人的事件，一直覺得蹊蹺。到了晚間十點鐘收看晚間新聞，竟被告知她已長眠了。電視上打出她可人微笑的臉龐，下端則是她的生卒年歲（一九六一｜一九九七）。

看了今天的報紙，才知道黛妃的死因，是因為與她新戀的男友駕車外出時被大批媒體記者尾隨追逐。乘坐的賓士轎車司機，以近乎每小時一百公里以上的高速，馳入隧道躲避追趕，因此失控不幸撞上了隧道中的石壁而身受重傷，經送醫急救，終因心臟衰竭不幸亡故。今天電視整日都插播黛妃生平種種。美國華盛頓的英國大使館前，及英倫黛妃所住的行宮之外，都有遠近民眾不計的無數鮮花祭奠。有人悲泣，有人失聲號哭，令人鼻酸。

一位與王室已經斷絕了身分關係的王妃，竟然被英國首相東尼・布萊爾先生稱之為「人民的王妃」，說她將永遠保有這樣的地位，長存於人民的心裡。在電視螢幕上，布萊爾首相站在十二世紀大塊石壁砌成的教堂前，以哽塞欲淚的語聲向人民做出上述的宣告。「黛妃不朽」的形象，似乎已經散落世界各個角落了。

報上也說，經醫學化驗，發現駕車人血液內所含酒精成分超出巴黎法定一倍以上，認為也極可能是因為司機酗酒之後駕車肇禍。根據美聯社的報導，法國巴黎警方已經搜獲尾隨追逐黛妃座車的攝影記者們的二十卷膠片。車禍目擊者說，在黛妃乘坐的賓士轎車駛入隧道之前，大批騎馳「魔屠」(motorcycles)的記者們，的確狂追黛妃座車。在肇事的法定責任未經有關檢明公布之前，我們自不必把重點膠著於此。攝影記者尾追不捨是實（黛妃生前曾對蜂擁尾隨的小報文摘tabloids記者的無情騷擾，發出「他們簡直是折磨人」的忿怨），雖說黛妃是一位魅力十足的王室人物，自有其重要性，但在攝影機、照相機卡嚓卡嚓聲響之下，她法律上應有的個人自由與隱私權，卻無疑是受到危害了。

報紙公布了黛妃自幼（三歲）以來的大事誌，她在一九八一年下嫁王子查爾斯，次年長子威廉出世，又二年，次子亨利（世人慣呼為「哈瑞」）降生。而就在次子降世的第二年，查爾斯王子與其舊情人卡蜜拉之間故情復燃，此時起他們夫妻間關係不睦的消息時有所聞。一九九二年，黛安娜王妃在友人相助下，提供給小報記者安德魯・莫頓君資料，發表〈黛安娜的真實故事〉，描述她的無愛婚姻，並企圖自殺以期引起夫婿查爾斯王子收心重返她身邊。但是，半年後，就在同年年底，英國當時的首相梅傑在議會下院公開宣告王子黛妃的婚姻，已在無望的情況下分居了。一九九六年，英女王伊莉莎白正式批准二人仳離。

雖說黛妃在一九九五年公開承認她與騎兵軍官詹姆士・荷偉有染，但這似乎也是對查爾斯王子薄倖冷情、移情於先、無法挽回的情況下的不幸事件。我們在報紙上、電視上所見，黛妃對於孩童的憐惜之愛是有目共睹的，那不是「做秀」式的表現，她的目光及面部表情告訴我們完全發自內心的誠意。我在聖荷西《水星報》上轉載黛妃生前最後幾次採訪報導的一篇文章中（作者安妮克・蔻珍）讀到黛妃曾言：「我非常注意人民，我也非常懷念他們，每一次我見到的人，都對我有特殊的意義。我的父親曾經教導過我，對於所有的人，不論貴賤，都應該一視同仁。我一直秉此處人，我相信我自己的兩個孩子，必也會據此沿習為人處世的。由於經常暴露於人前，我因此自覺對於人們有一種特殊的責任感。我會利用攝影記者的照片表達我對人們的這份心意，透過一種重要的因由，我感覺到周遭的世界，我保持了某些對人的價值。」覺得黛妃的表白，不是一個政治人物慣有的作態。證之於我所見到的，她以「親善大使」的名義，訪問世界各地（尤其是那些貧困地區）的傷殘人民（因內戰肢殘於地雷的人民及愛滋病患者），與受訪的人握手、擁抱、談話的照片，黛妃是那般摯誠關注。「那些照片顯示了一種人類的經驗情感，不是在從事公務或履行道義責任。」安妮克•蔻珍女士這樣說：「黛妃在個人與公眾兩者之間似乎造成了我們感覺上的混淆，但我可以說，她是把她自己投入於公眾之中，完成了她的公職。因為她表達了深切的感情，沒有造作，而是百分之百的真摯，她付出了她所能付出的一切。」我極為同意蔻珍女士對於黛妃親善大使公職的描寫，我覺得一點也沒有誇張不實、油腔滑調。外界的報導及傳言，可能難免有「黛妃做秀」的意味，但是黛妃對此則說：「多少年來，我必須學習如何讓我自己的所作所為不受批評的干擾。怪諷刺的是，這樣的外界批評，比我所能想像的給了我更多的勇氣。當然，這樣的批評曾對我造成傷害，不過，批評卻讓我更有信心走在我自己選擇的且已經走過了的道路上。」

報紙上刊出了兩幀照片，一直讓我衷懷熱感。其一是一九九六年黛妃訪問巴基斯坦一所癌症病院，將一名患了腦癌、生命垂危的孩子緊緊摟在胸前。黛妃一手抱著那位孩童，一手緊握住孩童的右手。孩子依偎著，既害怕又舒服的張眼（他其實已雙目失明）仰望著閉了雙眼的黛妃。黛妃的表情就像是她自己的孩子正在她的懷中靜待死亡的來臨。她的表情是那麼肅祥，那麼無助，那麼情傷又那麼勇敢。說得誇張一點，照片上的黛妃，幾乎就是畫中的聖母。其二是黛妃與她自己的兩個孩子的家庭照。黛妃著便裝坐在樹下，次子依偎坐在她的右膝上，而長子則張開雙臂抱住母親的頸項，向前偎著、面露笑意。而黛妃自己的美好容顏也綻開溫馨的笑意。照片底下，有美國總統柯林頓的一句話：「我們只能期望……每一個可以給她的一對好兒子支持的人，能夠幫助他們，得到他們的母親所期盼著的美好未來。」

事有巧合，我前天正翻閱周作人先生散文集《雨天的書》中〈若子的病〉及〈若子的死〉兩篇文章（若子是作人先生的十五歲女兒，因腹膜炎誤診死於民國十八年十一月）。〈若子的病〉這篇文章，一開始周作人先生就寫他的女兒「已正在垂死狀態」的時候，想起民國十四年他收到的「北京孔德學校」第二期旬刊中若子寫的一篇〈晚上的月亮〉的文章：

晚上的月亮，很大又很明。我的兩個弟弟說：「我們把月亮請下來，叫月亮抱我們到天上去玩。月亮給我們東西，我們很高興。我們拿到家裡給母親吃，母親也一定高興。」

我忽然想到今年的中秋節就在九月十六日，已經很近了。「人有悲歡離合，月有陰晴圓缺，此事古難全。但願人長久，千里共嬋娟。」我又想到了蘇東坡的〈水調歌頭〉，忽然覺得月亮已在天上，但那麼遠，也那麼冷。

——一九九七年九月十六日《中央日報》副刊

人在天涯

離鄉去國棲遲域外，忽忽已是三十三年了。於此期間，自己的原籍身分，有了頗大的改變。先是中華民國旅美僑胞，稍後歸化美籍。中美斷交，我的原籍身分忽然失蹤，自己原先卻是百分之百的中國人，遂用我最不喜歡用的「美籍中國人」(Chinese American)來定位自己。按種族特徵(ethnically)，我是中國人；但，按政治意義(politically)，我又是美國人。我雖不喜這「美籍中國人」的稱謂，但覺恰如其分，遂不作他想了。

我不太愛稱說自己是「文化宣化使者」，或者在美國作僑民卻肩負著「國民外交」的任務。但是，在美、中之間，勢須找到自己的平衡點，不偏不倚、優裕的表現自己的雙重身分。所謂雙重身分，便是在兩種文化背景迥異的前提下，克盡一己的本分，把兩種文化向兩種不同觀念的民族互相拉攏，以期了解接受。這不是說，自己歸化了美籍，每天二十四小時仍然說中文、吃中國飯、閱中文書報、交中國朋友。換言之，就是賺美國錢，用美國錢來滿足一己無盡的中國感覺。我也不是往自己臉上貼金，因為我是在大學執教，教的又是中國文化，於是乎我就自認是文化宣慰使了。我之所以默默耕耘，就是認為世界在地理上已經越縮越小，而民族融合已經無時無刻不在，文化交流已經到了不容否認的必須注意的階段了。而自己既是血緣上及政治意念上的「中美人」，那為甚麼不作出自己應有的貢獻呢？

在文化介紹方面，至少有一點我們身在海外的中國人，人人都容易做到的，那就是「以身作則」的行為。比方說，逢年過節，中國人表現歷史來由，正可以向美國人民解說宣示；中國人吃梨絕對獨享，不作興用刀分割與人同樂；中國人買房子或賃屋而居，不願意在第四街上尋找；中國人做菜用料不作興用量杯量勺分毫必爭的死摳門一成不變（藝術貴在取於一心，游刃有餘）等等。這些都是表現文化異同的方面。介紹可以，說明必之，但不可強人所難、堅持己見。另外尚有許多客觀上有「當如是」處，就應該拋棄自己的文化陋習，學習西人的客觀長處，不要一味的顢頇拽住「我們中國人就是這個樣子」的辮子死命不放，而被美國人譏嘲為「青客」（英語稱中國人為Chink的貶詞）。

距離我家三條街口處有一小公園，我每天都去該處快走繞園三匝，作為定期運動。平常上午因去學校公務，故多在下午返家以後前往。最近因為放暑假在家，於是改為上午九時左右去公園。與我同時前往公園的有三位東方老太太，一為駝背，一為百分之百兩足左右幾成一線攤開的八字腳，另一則為穿了睡褲，推動四輪行走椅，衣冠不整，髮蒼蒼步履蹣跚，看似有病在身的老太太。這三位公園的訪客常聚在一起，把公園裡並不寬廣的小道阻住了，其他遊園之人（包括我）只得越繞草地而行。這且不說，有時她們坐在公園孩子嬉戲沙堆旁邊的條凳上，高聲談話（疑為粵語，因鼻音喉音特重，且尾聲拉得悠長）。我有時走在公園對面的小路上都聽得見三位老婦的言談聲。有一次，我就在公園對面的小路上行走時，迎面來了一位推著小孩推車的美國中年婦女，擦身而過時，她問我：「你懂她們說的話嗎？」我笑稱不懂。她說，她的小孩剛才在經過她們的時候，被她們大聲粗硬的語聲嚇哭了。然後搖著頭、推著車子緩緩前去了。我當時想，這位美國中年婦女大概還有欲語還休的未吐露之話，就是關於那三位東方老太太的儀容。中國老人不幸仍在今日留有身體上的缺陷，至少他們的下一代或下兩代的家人應該規勸他們不要隨意四方行走(而且一句英語也不會說)，不該不聞不問，因為這對美國人看待中國人的形象太關重要了。子女孫輩已經歸化美籍，而把長輩接來依親自是天經地義，但並不是說就此完成了子孫的孝思，任憑老人曝現自己的短處，影響無數在美華人的家庭。這就是我在前面提到的未盡到中美文化觀念的介紹互通作用。人在天涯，不是如此如此就算了。

數年前某次我由臺返美，同機坐在我身旁的一位中國老太太因不諳英語，當機上空中少爺發給旅客一張赴美關稅填報單後，要我代為書填。她說她有兩隻皮箱，一箱衣物，一箱食物。所謂食物，包括月餅、瓜子、花生、糖菓、餅乾、糕點、及臺灣柚子、芭樂等等。到舊金山機場驗關時，我放棄了持有美國護照可以先行的機會，樂意充作她的助手，排長隊等候陪同她驗關。在驗關時，海關人員根據她報稅單上所填寫的東西要求她開箱啟示，海關人員看見一大箱的食品，搖頭用輕蔑的英文問：「你是想做生意嗎？」我於是用英文替她回答：「如果要做生意，她會只做一皮箱的食品生意嗎？」海關人員肅容對我道：「我在問她。非關你事，請勿打岔。」我說：「她不會英語。只要她所攜食品沒有違法、違禁物品，符合稅單上填寫的，難道還有甚麼困難嗎？」海關人員白白我，沒有再說甚麼，讓她過關了，但是，水果都給沒收了。

這個例子，又是有關華人的形象問題。中國人喜歡吃，其來有自，但是這種哲學觀念在環境改變時，便勢須有所權變，不能不管。即使不管，定要有解說的本事。否則，自己的文化形象，無形中被人打了折扣。

——一九九七年十月十七日《中央日報》副刊

長河滔滔

梅新先生謝世之後，也曾拜讀過幾篇追記他的文章。最近讀到高大鵬先生的〈揮淚遙送風之旅〉一文，對於梅新先生的「東方意識」，有了驚訝欽敬的看法。據高先生說，梅新先生前曾編有「副刊的副刊」——「長河」副刊，也表示了他之所以以此為副刊命名的原委，那就是他對於古典中國、傳統文化的一往情深。可是，高先生的悼文中卻說：「他（梅新先生）幾次對我說，生平最心儀傳統中國文人典範，也許就是像歐陽脩、蘇東坡、范仲淹那一類才學俱優、彬彬儒雅的全才式文人吧！由於這，使他的編輯風格招致保守之譏。」我自己是中文系出身，年輕時候也曾對西方抱持著飢渴的嚮往，猛啃英文，醉心近代西方哲學及文藝思潮。但是，我心中底處的大石塊，還是中國傳統的結晶。老友瘂弦在我新近出版的《過客》詩集序文中便說：「中國新詩在語言上有三條道路可循：古典詩詞語言的繼承和重塑、西洋文學語言的移植和轉化，以及民間俗文學語言的運用和更新。若干年來，三條道路都有人試走，且都有不同程度的收穫。而回顧五四新文學運動的發展，三條路以第一條路的實驗對中國新詩的建設貢獻最大，意義也最深遠。」這真是對中國文學具有明智遠矚的人的肺腑之言，太對了！我自己是瘂弦所說的三條路中第一條路上的獨行者。我寫散文，一向文白間雜，我要把文言中的詞語及若干表達的語法，變成我們現代中國文學語言中精約的書面語言，讓它和現代中國語言（書面的）緊密地結合起來。我們絕對不可以搞出「穿過你的黑髮的我的手」那樣恐怖討厭又夾生飯式的洋涇濱式現代中文！

瘂弦寫的序文上還說：「現代詩人『以彼此的體溫取暖』的結果，作品在強烈的相互影響下，不管內容題材以及語言形式，都形成了雷同的風格，所謂千人一面、千部一腔，一首詩如果把標題下作者的名字遮住，就很難分辨出自誰手。」這真是莫大的悲哀！不但詩人若是，散文、小說又何不然？我自己是「閉門煉丹」（瘂弦語）的作者，但是，我在前面說過，我是躺在滾滾波濤的長江黃河水底下的堅硬磐石。長江黃河永遠是自古至今流向未來的巨川，這也就是梅新先生所說的「長河」了罷。

拿臺灣的現代小說來說，我最推崇的二人是白先勇及施叔青。他們在大學及留學期間，都是搞外文的，但他們的創作卻都是中文的。不但是中文的，而且是非常非常之中國的。骨子裡（哲學意涵）及身上都散發出誘人的中國文化芳香。白、施二位的煉字功夫真是獨到，好到過口即化的程度。他們的作品，便是「長河」中的一個大浪頭，絕對不是其他許許多多注入長江、黃河兩岸的污水。他們的小說，才是「中國」現代小說，是波濤萬丈澎湃的長河。

我在海外傳授中國文化，尤其是文學，數十年來的感受便是，洋人所要的，就正是我在前面說的「長河滔滔」的中國文學，不是強學西方的皮相東西！我們已經看見了中國文化的興起，因此，我們一定要具有疏渠的本領，從過去的歷史中淘取文化精萃，好好地加以培育，變成新的文化燃煤，把中國文化在二十一世紀重新燃起熊熊火焰！

「中學為體，西學為用」，不是只學西方的皮相，而一定要把兩者的精神，似長江大河一樣的連接起來！我希望臺灣的現代音樂作曲家，不要再搞那些變相的、洋味十足的現代中國調了，奏一曲「長河滔滔」，把精神先提升振作一下才好。

——一九九七年十二月十日《中央日報》副刊

落葉

最近天時轉為陰寒，的確有些冬意了。

加州北部的氣候真好，愜爽二字最能道其實境。所謂「爽」者，是通體朗悅，沒有一點黏膩感。這是我此生居處過的至上自然環境。來此之前，在澳洲的維多利亞省首府墨爾本住過一年，那裡的氣候也是地理上的標準地中海型氣候，冬暖夏涼，四季宜人。可是，澳洲偏在南半球，我在的時候（三十二年前），「白澳」政策慣行，對於澳洲人的先祖多係自英國流放的囚犯，心中已有不良印象，加上華人稀落，感受很是不同。澳洲雖說地大，然並不能以「物博」稱之，我當時並無一點滿足感是千真萬確的事，完全不似身在美國舊金山左近，人文及自然環境都予人富足之感。我有幾位自外州移來的朋友，把北加州以「天堂」譽之，便可想見。

四時佳好固好，可是我偏偏喜歡冬季的凜寒，這一點在此是無法得到的。舊金山海灣一帶的秋天似甚短暫，盛夏去後秋意並不明顯。這要一直到了年尾，沛然雨降，天氣突然變冷之後，才顯出秋意來。依照我自己的判斷，舊金山一帶根本沒有冬季（即使真在冬季也不感寒意）。所謂實際季節上的冬天，也僅予我秋天的念感罷了。比方說，樹葉在此時始凋始落。再加上斜風細雨，方才予人若干淒涼之意。

也就是兩星期之前，數日寒雨之後，我去附近的公園散步，遍地落葉，溼漉漉的地面，黏貼著一層葉子，似乎邁步舉足都感艱困。所謂「一葉知秋」，我所知的實際上已非秋天，而是一九九七年轉眼即進入歷史了。幡然而驚，棲遲天涯已三十餘年。〈長恨歌〉中白樂天有「落葉滿階紅不掃，梨園子弟白髮新，椒房阿監青娥老」句。這裡的落葉不是長安秋天的紅葉，但我滿頭華髮，倒也可與梨園子弟一媲了。我在大學教書，「杏壇」不也就是梨園嗎？我喜歡龔自珍先生「落紅不似無情物，化做春泥更護花」這兩句詩。今年是我退休前最後一年作育杏壇，如此看來，「化做春泥更護花」一句，似乎頗能描摹我此刻的實況和心情了。「念去去，千里煙波，暮靄沉沉楚天闊。」似乎柳永的詞句又為我添上更多的欲語還休了。

龔自珍的那兩句詩，純是中國人的詠物傷時寫法，西方人在這方面很吝於咬文嚼字的。他們認為自然、樹葉，都是與「人」不應混為一談的。換言之，自然即是自然，人文便是人文，兩不相涉。這樣「化做春泥更護花」的中國情結，他們是不易油然而生的。大概也就因此，西方的自然科學突飛猛進，中國則被這種過多的「感念」給包裹拖步了罷。就拿藝術來說，他們的人身裸體藝術觀，在我們的文化裡，是被哲理道德包紮著的。在政治上，天人合一論，也正是把自然賦予人文精神的最佳述說。「天人」一說，就把這種觀念完完全全、平平實實地道出了。

在西方中古之前，天人合一的述說雖也存在，可是，在西方文化中，畢竟這樣不科學的觀念是為他們斥拒的。於是搞出「民主」，幾經革命，終於把「天」給革掉了。大家相信民之在我，民生、民權都由「人」操縱。而我們中國，主政者仍往往把「朕」神化，旁邊還有一批弄術之人一再展露丹青技法，將這種不科學的論調潤飾變化，升溫加熱。

雖然，我要在此申明，歲暮天寒，棲遲域外，我有「落紅不是無情物，化做春泥更護花」的感懷，並不是說我仍留有龔自珍先生的長辮子，更沒有那種不科學的大一統論。我只是情不自禁的懷舊，懷念我的華夏根源罷了。

——一九九七年十二月二十四日《中央日報》副刊

小事拼盤

1 汽車排隊

有客自臺灣來，陪他去學校參觀。是星期五下午接近下班時間了，我把車停在商學院前路旁停車處。我的車只有C種停車證，其年價與A種停車之間，相差約二百元。我買C種停車證，目的就是因距離稍遠，可以給自己多一點運動的機會。所謂A種與C種之間，只差一牌之隔。在牌的兩側，一A一C，相去僅在咫尺。

客人落了車，整整衣裳，指著A種停車處的一大片空車位說：「都快下班了，警察大概不會來了。老兄為何不往前面的空車位停泊呢？」我笑笑說：「一、我只有C種停車證，不得僭越；二、多走幾步，可以多點運動鍛鍊；三、停在A種停車處，也許就在五點下班之前的一分鐘，警伯來了，吃的罰單也足夠我買全年的A種停車證了；四、這是美國。」朋友聽罷不作一聲，只輕輕搖了搖頭。

搖頭，表示不敢苟同。朋友的想法，用最通俗的形容詞來說，便是「僥倖」。這樣的想法，在中國，在臺灣，在外國的華埠，大約都根深柢固的。可不是麼？都快下班了，只有傻子才會放棄這千載難逢的良機。時不我予，不試，怎麼會有利可圖？C種停車證憑什麼就不能停空蕩蕩的A種停車處？警伯大人那裡會管那麼多？何況停車證貼在前面的擋風玻璃上，誰從後面看得清楚是A是C？有那個瘋子警察會吃飽了沒事幹下車跑到車前看個究竟？……中國人這種獨家觀念的僥倖哲學，如果衍生下去，大約可以成千立萬了。這就是中國人自認的聰明罷。

但是，洋人就是有這股子傻勁。否則，像在我停車的地方，A種停車處大約早被只有C種停車證的車停光了，而C種停車處一定留下大片的空車位了。僥倖的反面，就是一板一眼，就是奉公守法。公共社會生活，唯有如此才能相安無事地存在下去。這樣一板一眼的社會，立法才會真有效，人民的生活品質才會精細，社會的結構才會縝密。

2 路不拾遺

以前看中國的古典章回歷史小說，描寫太平盛世，不外夜不閉戶、路不拾遺，花市燈如晝。可是，在我的成長過程中，至少我還沒有真正見過「開門揖盜」的事。路不拾遺，也極罕見。可是，在美國，除了紙幣鈔票在地上會引起一般人較多注意，有人會拾起插放在自己口袋內外，一枝原子筆，一把梳子，一枚兩角五分硬幣，什麼人的一件衣服，什麼人的鑰匙，什麼人的眼鏡，什麼人的一包糖果……都會在原處經日曬風吹雨淋，或被來往車輛輾碎，大概不會有人拾起放進自己荷包的。在中國呢？上述的東西很不容易在市井被看見，就因為已經有人快手先得了。

我不太接受以經濟程度界區社會表現的說法。臺灣的經濟，在中國歷史上，在世界層面，都不能以「窮」來概說了。那為什麼路不拾遺的美德很不彰顯呢？我認為這是中國人長久缺乏公共生活的精神，不願意捐己為公。你看，美國人經商的，發跡以後，很大方的捐獻大筆贈款，以為回饋公眾。而中國人在這方面是遠遠瞠乎其後的。中國人喜歡「白」來的東西。說穿了，還是僥倖心理。

3 知易行難

從前在北平城內天橋區，那裡人蛇雜處，三教九流，江湖賣藝逗樂的大有人在。當時有一句歇後語：「天橋的把式——光說不練。」這正是對國人本性的最佳描寫。「光說」，就是我們現在說的但耍「嘴上功夫」，說得天花亂墜，可就是原地踏步不前。

不論什麼事，尚未進行，便廣徵博引，上下古今，頭頭是道，就是不「行」。這種「集錦」術，真是中國人的獨家絕招。洋人呢？他們比較中肯老實（在我們眼中可能有幾分愚蠢）。to do something，這一向是他們的行事之法。先做，做不通，做不了，再想轍。再想轍，就是再研究，找出原因，最後終能如願以償。飛機、大砲、原子彈，就是這樣如此這般設計出來的，電影、電視、電話也是這樣搞出來的。計算機、醫藥、化學……一樣一樣把我們的生活推向進步超越福惠。他們把人送上了月球，證明了吳剛嫦娥的子虛。我們呢？我們千百年來在高唱著「起舞弄清影，何似在人間」的蘇東坡調子，人家舉出了愛迪生、愛因斯坦、居禮夫人……我們報之以曹孟德、李太白和蘇子瞻。中國小孩子幼時就聆聽關公刮骨醫毒的故事，可是二十世紀上醫學院的青年所學的卻是洋人的療法。

4 渾、蠻勁

洋人有一種「蠻勁」，卻是中國人所無有的。比方說，他們比誰癡肥，誰的毛髮多，誰的生產紀錄高，誰可以在一分鐘內吃下最多的牡蠣，誰能從長橋浮水上空一躍而下，腳上綁了繩索，而跳得離水面愈近，美人比賽，誰的豐乳肥臀最夠勁……中國人對於諸如此類的比賽，一向認為是「混蛋」、「幼稚」、「無聊」……從某個角度衡量，也許多少是有點狂，然自另外一個角度來看，在文化方面他們的這種「渾氣」卻闖出搞出名堂來了。很多人類「第一」的舉措，麥哲倫、哥倫布（鄭和下南洋不算，其動機不是「發渾」，而在承天運布天威）、阿姆斯壯（登月球）……洋人的這股渾蠻勁道，中國人是沒得比的。中國人只在吃的方面可以媲美，大約天下之大，可吃之物多矣，此時不吃，更待何時！

5　公與私

在報章上，在電視上，常看見美國人異族通婚，收養東方孩童的情事。我們成天說「博愛」，墨子主張博愛則被譏罵為禽獸。我們還是只說不做。民主是公，所以在中國，通向完全民主的路程真是崎嶇遙遠。洋人的名學府都是私立的，而我們的私立大學則被目為不及國立的遠甚。洋人的軍隊是國家的；我們則搞山頭，樹立子弟軍，弄派系。總而言之，中、洋的公與私觀念迥異。對了，老美可以趾高氣揚的說：America is my country，我們則必然說成「我們中國」，不用「我們」，就是私了，就有「家天下」的意味了，就封建了。

即使說吃，我們的拼盤基本上是熟食，有「生」的方面，那僅只裝飾罷了。洋人的Salad是他們的素拼盤，全是生冷。依我看，生冷代表新鮮，代表向前。科學就是靠新鮮生冷起家的。中、洋文化所差太大了。

——一九九八年一月十三日《中央日報》副刊

武藏迷思

耶誕節那天，因前夕在電視上觀看今年第三十四屆臺灣電影「金馬獎」頒獎典禮錄影，入寢時已過子夜、約清晨二時左右了，故起床稍晚。八時半起來，仍似往常披衣開門去院中拾取報紙，就在首頁的新聞摘要欄中看到日本名電影演員三船敏郎先生謝世的消息。

報上僅說三船氏是星期三（十二月二十四日）在他東京寓所附近的醫院，因器官作用衰竭病故，享年七十七歲。所謂「器官作用衰竭」(organ failure)，並未作明指，想來不會十分痛苦的罷。

三船主要是在一九五〇年的《羅生門》及一九五四年的《七武士》兩部由黑澤明執導的電影中的演出，而奠定他在世界影壇中的卓越地位。《羅生門》與《七武士》兩片固好，三船氏的演出亦無懈可擊，我當年在臺灣也都欣賞了。但，在我做學生的時代，最令我蕩氣迴腸、一而再再而三看了三遍的三船電影，是他連續三集的《宮本武藏》。我喜愛該片的原因，是因為它不像《羅生門》及《七武士》那樣撥弄一點哲思，搞出稍顯造作的氣勢。《宮本武藏》所描繪的，則是一個「造人」的故事。武藏原是一個狂野不羈的野小子，有對他一往情深的小女人阿通殷實的愛，也不能將之束縛。他終於離鄉遠行，歷經世亂，最後感受佛的教化，桀傲之氣盡去，恕己愛人。三船在《宮本武藏》第三集〈岩流島之決鬥〉中，破曉乘船出海，在岩流島上與一直向他挑戰之佐佐木小次郎作生死之鬥，最是令人過目難忘。他以一柄木槳在船上削成一把長刀為決鬥之用，他之接受佐佐木小次郎的挑戰於皈依我佛之後，並不是表示他的故態復萌而好逞一時之快。以木刀對敵人奪目懾氣的寶刀，正是表示了他對「昨日之我已死」，小次郎正彷彿以他「昨日之我」之身出現，而作出誓不兩立的皈依決心，這是一種撼人的大勇。三船在影片中把佛法大慈大悲的解告表示詮釋得無懈可擊。小次郎死於他的刀下，他在船伕把他載回本陸的舟中，為必因「殺人」而驅惡以證佛心，掉下英雄之淚。這樣的人性描寫，自然而真摯，而阿通對他不泯不悔的深愛，也把人性的光明面刻畫得美麗動人。阿通那楚楚可憐、萬里尋覓情郎的摯愛，也令人鼻酸動容。我自己在臺灣正處於經濟尚未轉型而有轉向之勢，政治空氣不明，現實壓人的生存環境中，看到這樣的影片，深覺有一種洗滌的作用。於是乎《宮本武藏》對我的感受較之《七武士》及《羅生門》超出許多。我一向注重實切的人生，覺得正面的教誨比形而上哲意的摹說更好。

三船敏郎的面孔與戲中氣氛，最足以表現日本人的驕傲、大和的權威與男子的氣概。那時臺灣在政治上對美國的仰仗（美軍顧問團之趾高氣揚），武藏迷思真的是給了我清新的印象。我一向有一種「中國」的驕傲，在海外宣化中華文化長久以來，一直不曾壓抑此種意識。三船氏的武藏迷思，代表著日本文化的形象。而當堂堂的中國文化目前正在消隱變形的時候，三船氏之死，對我而言，正彷彿是迷思的隨風而逝。文化的中國究竟在哪裡？

——一九九八年一月二十五日《中央日報》副刊

名利網

幼時（抗戰時期）唱演過兒童劇《名利網》，相隔將近六十年了，但兒歌歌詞仍記得清楚：

名作緯，利作經。織一個網兒式樣新。
意拙拙，功夫深，黏住世間投機人。

劇的開始，是由幾個扮演天真爛漫的小天使的人把幕拉開，齊聲高唱。意思即是說，名與利，都是俗世人的障物，天國的人所不容許。於是令天仙們撒下名利大網，將世間爭名逐利之人一一攝捕。接著，該劇中扮演蝴蝶、飛蟲、蜻蜓……的小孩，相繼被天羅地網罩住，翻滾哀號，齊聲唱起來：

不得了，不得了。投入網中怎麼好？

身上瘦痛心頭跳，一切希望都勾消。

此時，仙女們又一齊展翅飛來，載舞載唱，將被捕逮的蝴蝶、昆蟲自網中散解下來。場景於是一換，萬里晴空，風和日麗，仙女們翩翩起舞，縱聲又唱：

音樂清雅透天空，風光迷人任西東；
點點野花散幽香，片片彩雲來入夢；
我要告訴青年們，莫把僥倖存心中。
辛苦耕耘勤勞動，事無大小能成功。

幕落，全劇告終。在物質精神皆稱艱困的當時，在中國大陸西南一隅的貴州高原上，有那麼多如我離鄉背井的兒童，自胏腑中唱呼出這樣哲理深邃、言簡意賅的歌聲，如今想來，真是感慨萬千。所謂兒童心理，都是愚騃純潔的，世上醜惡，原不知之。但耳濡目染，骯髒邪惡很快就鑽心了。古時孟母為子而三遷其家宅，即為此故。在抗戰當時，生活維艱，稍微的平順都似江花彩虹，所以，苦茹費心，會有意想不到的功效，換言之，成功的機率大。但是，在今天，我們的物質生活日新月異，好像一切來得太容易了，得到不費吹灰之力。前一分鐘兒童方才聽聆師長的教誨訓示，下一分鐘電視上即映出與此全然背馳的畫面。前數星期我在臺灣報紙上看到十幾歲的未成年少年集體強暴女童的新聞，一時木然良久。

名與利，皆身外物。師長苦口婆心為孩童宣曉，但在電視上孩童所見盡是名成利穫的畫面。所謂「不義之財」，太誘人了。諺云：臨財勿苟得，臨難勿幸免。苟者，不以為意，不注意也；不該，不當也。苟得者，僥倖得之，在於人之本性貪婪。「也許不會吧？」就是今人苟得之僥倖心，「萬一」對人的嚇阻力已經微乎其微了。這年頭，連傻子都不甘不願做傻子，遑論正常孩童乎！宋朝大詞家辛稼軒有言：「隨緣道理應須會，過份功名莫相求。」如果世人對參佛信緣有大興趣，真自基本的隨緣做起，心安理得，也就不會有「宋七力」先生出現了，林清玄先生的愛情也就不會不脛而走了。辛稼軒先生還有幾句對世人追取功名的心，頗有禪意的話也很好。他說：「不向長安路上行，卻教山寺厭逢迎。味無味處尋吾樂，才不才間過此生。寧作我，豈其卿。人間走遍卻歸耕。一松一竹真朋友，山鳥山花好弟兄。」真的，不要總是左顧右盼，羨慕別人如何如何。「富貴於我如浮雲」，天下早太平安和了。

——一九九八年二月三日《中央日報》副刊

說「東」話「西」

西風東漸一說，已經其來有自。嚴格說，十九世紀便是大風橫吹的時代，西方文化文明飛空飄海，就像蒲公英的種籽一般，散落在東方各個層面的角隅了。如今道起東西論戰，人言能詳，並非鮮異。

所謂「西」，究其實，約可別為「文化」及「文明」兩個層面。「西風東漸」也者，我一直認為指的是西人藉著洋槍大炮、軍艦坦克刀劍強行推銷給東方的「文明」實物。除了宗教，西人似乎並未把「文化」「送」給我們。「文化」，是在西人用洋槍大炮軍艦坦克轟開了東方的大門之後，從門內走出去的東方人，以取經的方式自西方討來的。就拿中國來說，五四時期的運動——科學與民主，即顯指「文明」與「文化」二者。後者是觀念，而前者即是觀念塑造的實物切片。所謂「西方人」，在一般概念下，指的是西方的普羅眾生、凡夫俗子，也即是現代政治學上稱用的「人民」。其所指不是西方的特異人物，不是高級知識份子，因為高級知識份子僅係「人民」中小之又小的部分。

文明有其廣袤性與被接納性，就因為是「實」物。汽車、火車、飛機、電視、光碟、醫藥、牛仔褲……都可以一下子蔚為盛事。這些東西，雖云自西東漸，有時東製比原物更好，青出於藍，極可能又倒流西土去。但是，文化就不同了。觀念是「虛」的，不似鋼筆、手錶、口紅，可以頃刻掌握把玩。僅「民主」一項，自其東漸之後，長達百年了，把東方搞得橫七豎八、顛三倒四。在我們中國，還是每天的政治課題，大家談。談來談去，成效呢？

由東方去西方取經的人——留學生，去取「文明」的遠遠超過「文化」的。為甚麼？因為回到中國，回到東方，經過他們把自己的文明炒熱升溫，大家享用。況且，在實際生活中，即使完全不要西方文化，照樣可以過得有板有眼、日日非凡。不是嗎？終日滿嘴滿腦袋孔孟，但飲食必然牛奶咖啡，衣則西裝革履，行則汽車，住則花園洋房的人太多太多了。不只取經的知識份子，一般凡夫俗子不也一樣麼？同理，就拿西人來說，也是一樣。他們用「文明」來檢視東方，誰的西方文明高超，誰就是進步。日本就是好例子。西方文明在扶桑三島如水銀瀉地般大彰大燦，汽車、照相機、音響設備、手錶……西人對這等文明產物欣賞接受。可是，西人怎麼看日本人還是吃大米壽司，非我族類。西人先把文明送到日本，戰爭是其一。當日本文明包裹了東方文化，效習西風東漸的手法，藉戰爭還諸西方，西人就不答應了。這樣的東風西漸，他們害怕，他們討厭。

不管怎麼說，文明是易於被接受的，中國人接受洋煙洋酒、眼鏡假髮；西人接受中式烤肉、糖醋排骨、燒餅，因為這些東方跟西方原相去無幾，只有小小技法上的差異。但是饅頭豆腐西人就很難接受了。為甚麼？因為饅頭豆腐這樣的食物包涵了「文化」特性，這裡的文化特性就是我們「無味即味」的解說。白而又軟欠缺個性，再加上淡而無味，正是洋人對於中國食品饅頭、豆腐、白菜、白米等的一般反應。然則，殊知中國人竟說那即是該等東西的正常味道，那就是「文化味」，文化味則是洋人甚不易接受笑納的。

一個張姓、王姓、李姓的「中國人」（黑髮、黃膚、扁鼻的中國屬性，先祖來自四川、或河北、或河南），不管他住在甚麼地方，中、外都稱呼他（她）是「中國人」。即使不住在中土，比方說，美利堅合眾國，在中國的中國人或在美國的非中國人，還是叫那個人純「中國人」（這是說文化屬性，非關政治）。也許在美國的非中國人稱呼一個在美利堅合眾國有中國文化屬性的那個人叫China man，然他或她本人還是「中國人」。可能有一點政治上的歧視，但在文化上並沒有。不但沒有，且是乾淨俐落的。在中國的中國人稱呼他或她為「華僑」，那就更是就文化屬性親暱的稱謂，意即「一家人」。我認為，時下大家對「泛政治化」太過敏感，都變成了驚弓之鳥。所以，一言以蔽之，文化乃是有其侷限性。它不似文明，不論高下強弱，可以廣被接受。烤肉代表文明，並不代表文化，只有文化性的製法才勉強加在內的本身而被認為是代表文化的。因此之故，美國漢堡(hamburger)牛肉風行全球的道理，就易曉了。在中國、在日本、在菲律賓、在匈牙利製做的漢堡牛肉，用的並非美國的牛肉，我們不是一樣叫它「漢堡」嗎?不論東西，該物一也，不必強求其不同，我們的理解乃至關重要。

文明、文化的異同搞清楚了，撇開東、西，我們就不會那麼敏感、那麼易怒、那麼氣餒了。汽車比牛車好是實，不論是美國造、德國造、日本造、英國造，汽車就是汽車，不是牛車。這就是文明。文明只有「質」上的差別。質佳，大家爭著要。良幣逐劣幣就是這個道理。

——一九九八年二月二十二日《中央日報》副刊

消化「時間」

「時間」一詞，中外古今談論的人已經不計其數了。大體來說，似乎大家都對這可以白揀而不必負擔費用的東西，表示出高度的敏感。洋人「時間」即是「金錢」的說法，更把這虛無飄緲的玩意估上了無窮身價，讓人在白白得來功夫之後，復有一本萬利的念頭。我在此言「消化」時間，意指大多數人對「時間」只是敏感，卻並未實然掌握住，於是徒興「時不我予」之嘆。「消化」也者，是說掌握住了時間，雖云其滑不溜鰍，稍縱即逝，終究還是與它有沾膚之親。

我對時間的認識，是在小學時代。那時國文課的作文，老師經常以此為題要我們發揮。說到發揮，倘若胸中沒有相當的儲備，是無可發而揮之的。於是學生常求救於坊間書肆，買來「作文範本」一類書籍，撿拾精言慎語，甚麼「光陰如白駒過隙」、「一寸光陰一寸金，寸金難買寸光陰」等等，這樣沒有內容的成語俗句，其實多半都被老師的大紅筆塗抹了去。當時對「時間」感同身受的情愫實未發生。對於古稀之齡的人，彷彿他（她）們都是上古遺民，在時間上何其遙遠。可是，轉眼彈指之間，自己已登花甲，而正朝著那「古稀」之境奔將過去了。歲月如流，大概是只有進入老境者才興有的慨歎。

這樣的時間流逝，等到對它引發起無窮感慨來，已是比較成熟的歲時了。我在初中時候，學會的一首歌曲〈垂柳〉，內中有這樣幾句：「門前一道清流，兩岸種著垂柳。風景是年年依舊，只有啊流水，總是一去不回頭。」當時還沒有深切的感受，只覺得那歌聲似乎有些淒涼，好像含蓄了無盡哀怨。等到上了高中，讀到孔夫子站在川邊吟道：「逝者如斯夫，不捨晝夜。」才興起「時不我予」之嘆來。這期間時間的轉換將近十個寒暑，大概也就是我所說的對時間的「消化」了。再後來上了大學，讀到詞句說：「流光容易把人拋，紅了櫻桃，綠了芭蕉。」覺得這真是對時間飛逝的絕美描寫。

於是乎，從該時起，對於時間的消化，有了長足的心領神會。中國人的一些俚語俗句，比方說，「稍安勿躁」、「別想一口吃個胖子」、「功到自然成」、「小不忍則亂大謀」、「事緩則圓」、「吃虧是福」……等等，皆係「消化」了時間以後擲地有聲的說法。「此處不養爺，自有養爺處」，現代人看這樣的俚語，終覺不免過於消極，但這正是消化了之後發自肺腑的聲音。你不大而化之如此自嘲，又能如何？「長線大魚」的解說，是中國人的獨門功夫，洋人常不得其解。他們的哲學就是要速戰速決，要抓大魚不是用長線，而是要另有計畫方法。一般地說，他們認為釣魚非常可笑，完全是糟蹋時間。中國人的看法則全然不同。我們就等著一兩個小時之後，大魚一口吞下釣餌，提竿待魚出水面的最後勝利，那樣的快慰是無以取代的。簡言之，洋人著眼於win the battle，而我們則意在win the war。

再拿「結婚」來說，這根本就是所謂的一攬子買賣（整批交易）。好像橘子論袋賣，有好有壞，不得挑選。洋人也有package deal一說，但是他們並不願意用在結婚這方面。他們認為兩個人結婚，一旦發覺對方的弱點一個一個暴露，他們不用「小不忍則亂大謀」的態度，再加上個人主義精神的作祟，於是儘快下堂求去。中國人說「百年夫妻」，他們只能搖頭。所以說，中國人對結婚的認識，就是肇因於「消化」這種對時間徹底的消耗，乃是win the war的必然作為。

中國人好作「方城之戰」（打麻將牌），也是此理。八圈下來，人仰馬翻，天昏地暗，腰痠背硬，也許已經輸掉了千把元了，可是就盼著有在臨了時和一把清一色滿貫自摸的高狂過癮。那一剎時的欣快，恰似翻了的馬又四蹄騰挺地載著你狂奔而去了；大地忽然明亮，霞光一片了；腰痠背硬的景況倏然不藥而癒了。梁實秋先生在其〈聽戲〉散文中這樣說：「覺得在那亂糟糟的環境之中熬上幾個小時還是值得一付的代價。只要能聽到一兩段韻味十足的歌唱，便覺得那抑揚頓挫使人如醉如迷，使全身血液的流行都為之舒暢勻稱。……受半天罪，能聽到一段迴腸盪氣的唱兒，就很值得。」正可以拿來做為最好的注腳。吳魯芹先生曾這樣描述美國人的通性：「他們做人的美德，有誰願意如數家珍的話，一下子也數不完。但是『藏拙』則不在其內。」真是肯綮之言。他還批評美國人所謂的「中國通」說：「美國人自命為中國通的為數不少。中文真弄通了的，可真是鳳毛麟角。……尤其是青年記者、青年外交官，以為學了一年半載的華語，滿夠闖江湖之用了，於是抱了大無畏的精神勇往直前。」我在海外棲遲教導洋人中華文化久矣，頗有同感。洋人就是沒有等待「消化」的這分雅興。他們（尤其老美）就是要「快」，以為慢了就是損失。他們有fast reading（速讀）一說，一目二十行似乎都可以。但是，究竟消化了多少，則完全不問了。

——一九九八年三月一日《中央日報》副刊

不要倚老賣老

最近有幾樁事頗令我感歎，不禁對於「老」，有著切膚的感受。其一是俄國總統葉爾欽改組內閣，撤換了四名部長；而尤可注意的是他提拔一位年僅三十五歲的「小伙子」為總理，執掌行政。其二是中共九屆人民代表大會召開，國家領導人主席江澤民拔擢共黨第四梯隊的年輕人胡錦濤作為副主席，立為以後的接班人。其三是美國好萊塢本屆奧斯卡金像獎榮獲最佳導演的人，也是一位年僅三十來歲的「小伙子」。叱咤風雲，不可一世。

這三位年輕人的出頭，掀起了一片磅礴氣勢，象徵著未來的光燦可期，令人有老少代接的感受。

老，實際上只是一種生命的現象。故不足為驚恐，更不足為怪惡。眼睛老花了，目力衰退了，今人就會戴上老花眼鏡，萬無一失。否則的話，視茫茫不辨方向，撇不清青紅皂白，不計好壞，不分輕重，無斷真偽，無視緩急，老眼昏花，胡攪蠻纏，亂做一堆，那就糟了。

中國人對結婚夫婦的彼此年齡，一向注意。倘若相差過巨，則譏為「老夫少妻」，甚至說成「老牛吃嫩草」，都表示不便苟同。其實，老少兩造生理上的互調是否允宜姑且不論，但從實務的角度來看，我倒覺得老少配很不錯。試想，一個以歷練經驗勝，另一個則了無罣礙，得心應手，勇往直前，只要不是水性楊花，統御大軍而掌握乾坤，則不人旺家興，未之有也，有何不好？這也就是老少團隊精神的正面明證。

清代大畫家石濤曾說好的畫作是「精、雄、老、醜」，這是由歷練得來的醇厚之感。我們常評某人行為「太嫩」，就是說的這種缺乏歷練。一張老臉滿布皺紋，比上一張「小白臉」，就顯得太成熟動人了。所以，不但藝術上如此，對人生不能深涉的人，也就無法體會這種由「老」散發出來的力及美。俗語說「嘴上無毛，辦事不牢」，或云「薑是老的辣」，便都是對於老的歷練的稱頌。現在的問題則是：「老」則善矣，但是我們千萬不可「賣老」，尤其不可「倚老賣老」。

一旦「賣老」，便犯了老氣橫秋的「老」毛病。自以為是老練的老大哥，老當益壯，老馬識途，老於世故，老驥伏櫪志在千里，於是乎老調一再重彈，「但傷知音稀」，已經僵化老朽了的，便皮開肉綻，老毛病一犯再犯，成了不堪一用的老弱殘民了。這可真是老境堪憂啊。且拿毛澤東的文化大革命做例子。文革時的毛澤東已經老朽，但他拒絕自己的老，竟然老謀深算地搞出全國上下的紅小將來打擂臺，真是「老而不死是為賊」，其結果硬把中國差些整個搞垮。文化大革命為何不發生在毛氏意氣風發的早期？無他，就是因為他「賣老」，陰險剛愎自用，成了無可救藥的獨夫。當年立國，他站在北京天安門的城樓上，向世界鄭重歡呼宣告：「中國人民從此站起來了！」曾幾何時，剛站立起來的中國就在他的「老」毛病中倒下去了。

眼睛老花了的人不戴老花眼鏡，一如瞎子摸象，猶仗著以老眼光看新事物，於是肯定產生「代溝」。賣老拒幼，結果何其不幸。「代溝」是洋人的名詞，就是年輕人看見成堆成隊擋在眼前的老人無可奈何的吶喊。

年輕人張大了眼睛向前看，看清了一張張老臉；而老人瞇起眼也向前看，看見了一張張嘴上無毛的小白臉，於是倚老賣老，對著年輕人咆哮：「站到一邊去！」中共當年有政治術語「老、中、青三結合」，其實是相當得體有創意的，可惜當局並未真正務實，共產革命的第一代天驕占滿了每一個坑，新中國便如此這般老化了。

洋人吃煎蛋，成色大別有三種，曰easy or over-easy（嫩）、medium（不老不嫩）、及 welldone（老）。所謂well done，意指「煎過頭了」(over cooked)。沒有人願意吃老蛋。「長江後浪推前浪，一代新人換舊人」，這都是老人在時不我予的情勢下無力的浩歎！

——一九九八年四月十二日《中央日報》副刊

吃飯問題

在過去，國人在外與相識之人不期而遇，禮貌上的寒暄用語通常是：「您吃過（飯）了罷？」當時民生不富，混得上一日三餐不虞（不必說豐衣足食），已相當難得。此話意味著：「我想閣下必然已經用過飯了。」如此的假設語氣，表示了極大極虔的欽羨。可是現在，國富民安了，那樣的寒暄語不免令人覺得時過境遷，不符實際了。要是你仍然堅持使用，被打招呼的對方可能會面露不悅之色，嘀咕道：「怎麼啦？真是狗眼看人低，再怎麼說我還沒到三餐不繼的景況哪！」從前人常說：「開門七件事——油、鹽、柴、米、醬、醋、茶。」即是針對「過日子」說的。這是每日勢須面對而不容逃避的。

古人說「民以食為天」，也證明了吃飯的重要。不論中外古今，戰爭的肇因固然很多，但約而言之，泰半是由於「經濟」而引起。十九世紀列強侵略中國，所圖就是中國民脂民膏的大把銀子。這不是說列強國家的臣民已經山窮水盡無米為炊了。而是要他們的臣民日子過得更好一點。反之，也就是說不管中國人是如何營生的問題。

「富國強兵」，於是就成為國人為「吃飯問題」提出的方案。共產主義席捲中國，其給予中國人民的希望，就是「吃飯問題」(生活問題)可以得到基本的解決。等到共產黨得勢，取得政權之後，原以為吃大鍋飯，就可以輕而易舉讓人人都有飯可吃了，其實不然。吃飯問題說來容易，思考方案予以解決便不易了。這最大的困難在於「人性」問題不能解決。人性有許多許多方面，其中「自私」及「貪婪」兩項便是共產主義所解決不了的難題。「不勞而獲」便是自私與貪婪結合衍生的歹念。搶劫、貪污即使在共產社會也是猖行普遍的。結果呢？共產主義解體了、瓦崩了。在中國，共產主義只餘下一個名義上的稱說，在經濟上政府大搞自由化，因為當局者已經深悉共產主義的理論已經違反人性，不能持以解決「吃飯問題」了。人性的弱點——「自私」與「貪」是一視同仁的共產經濟的致命傷。所以，在中國，大鍋飯已經吃不下去了。不是說資本主義一定好，但至少它是符合人性的。我們只能集思廣益設法想轍來彌補資本主義的缺陷。但，總而言之，像共產主義那樣高遠的理想，在人性未能齊化之前，是不可能實現的。一九八一年我造訪中國的時候，就跟一些共產黨員談這一問題，卻沒有一個人可以圓滿地回覆我。共產黨要推行大鍋飯制度，滅絕改變不了人性，於是只能槍桿子來支撐。人民怕槍桿子，但人民的根本問題並未解決。

美國的民主與共和兩黨，在選舉時，就看對內誰的提案能廣為人民接受，才有勝算希望。對外（國際問題）只能幫助對內，達到如虎添翼的機會。但反過來就不成了。中國社會上的善行義舉，比方說施粥，如果連施主自己都顧不了溫飽，又能施捨甚麼？當年國父孫中山先生制訂三民主義，把民族擺在第一，那是因為他主要為了救國。要達到此目的，必須把大我放在前面，否則，小我更沒有。

這樣看來，吃飯問題首先是要大家有飯吃，然後，再考慮菜式問題。否則，肯定是緣木求魚，不得要領。

——一九九八年四月二十六日《中央日報》副刊

活學活用

昨日讀報，見有四位美籍諾貝爾科學獎得主對於美國各層學校數學成績不如中、日、韓學生而召開記者會的報導。這幾位諾貝爾科學大獎得主在招待會上表示，美國報紙報導美國學生數學成績遠不如人的杞憂是完全不必要的。他們認為，美國學生的數學成績落後，尤其不如東方國家中、日、韓的學生是實，但並不足以氣餒自嗟。他們道出了做出如此大言的肯綮而發人深省的斷語：中、日、韓學生的數學成績高超，但都是讀死書的結果。數學只是一個工具，不是甚麼大學問。美國學生掌握了這個工具，他們在校一向活學，好學生因而得到神髓，幫助他們的天分及知識，發展出大的理論結構。

讀報之後，我獨坐書齋，細細思量這幾位大師的警語，百感交集。

真是如他們所說，我們的青少年，就是死啃活填書本，一心要進明星學校。許多家長，為了期盼子弟達到此一天梯，省吃儉用，送孩子去補習班惡補（我的美國學生對此都大惑不解），望子成龍、望女成鳳。說穿了，仍是傳統把「讀書人」捧上天的觀念。現在臺灣學校搞出「放牛班」的名詞，這是對許許多多被放置在該班的青少年莫大的侮辱。不是嗎？我當年在臺上大學的時候，學校及一般社會上各層人士有「來來來，來臺大；去去去，去美國」的順口溜。我自己雖屬臺大人，但是，對於這樣的說法，總覺得臉上發燒。我不是自慚，而是替不少臺大人因僥倖得了風光，於是不知天高地厚、沐猴而冠的氣勢，覺得可歎。

臺灣的學校，不管哪一階層，較之我當年在臺求學時期，確有長足進步。但是，近年來，教育主政者似乎只看到若干西方國家教育的表面，而忽略了實效。比方說，把「三民主義」課裁掉，政治課目減少，但在其他學科方面並未見有大徹大悟的改變。基本上，並未有任何建樹，幫助青少年達到啟迪的作用。科目基本上仍嫌僵硬死板，不像美國中學有許多「自選」的課。就拿上大學來說，還是要先經過難之又難的入學考。且在未跨入大學之門之前，便已立志宣示志願，進入擬讀的科系。待入學以後，發覺自己另有所好，或發覺自己以前的考慮並不完善，而想轉院轉系，這就難如登天了。重理輕文的觀念作祟，由數學系物理系轉入歷史系法律系大概不算困難；而一個中文系的學生要想攻電機，肯定被認為是癡人說夢、異想天開。一個念醫學院的學生，如果不是先讀預科，就是再有大才也只好興歎了。

可是，美國呢？我們知道美國的醫學院、法律學院、商學院可全是研究院階層的學院，申請就讀的大學生，原先讀甚麼大學部科系完全沒關係，只要各學院要求的某些基本課程都具備便可。我在史丹福大學教了三十餘年，許多升入醫學院、商學院、法律學院的學生，原先都在與該行業無關的科系就讀。比方說，歷史系。再者，美國大學不似臺灣的大學，學生未入學前已決定就讀科系。我的許許多多學生到了三年級才選定自己的純正志向，決定科系。

不讀死書，活學活用，造就了不知多少世界級科學界、人文學界的大師。楊振寧、李政道、李遠哲，如果不在美國深造，而純由中國培養，他們能獲得諾貝爾大獎嗎？我以前年輕的時候，就有「讀死書，死讀書，讀書死」的說法。現在似乎可以把它改成「讀活書、活讀書、活到老」了。

棟樑之材不是戴著深厚眼鏡的呆瓜，這樣的青年不是我們期盼需要的。我們要的是正正常常不死啃硬背的學生。在中學硬把男女青少年分開分校教育的宗旨似也可以再作考慮。為了防患未然、培養青年學子健全身心是我們的說辭。但是，在社會上，青少年犯罪作奸的案子比美國不知高出多少。成效呢？美國學校（中學）保險套自由供應，而我們認為那太不「保險」，仍要用禮教來把青少年都牢牢套住。

甚麼時候我們才能活學活用？

——一九九八年五月三日《中央日報》副刊

向無邊無際的太空窺探

朋友送我一張畫。畫上有一桃枝，數片綠葉之下，有兩枚碩豐紅粉的大桃子。旁邊有作者的題字：「三千年結實之桃。」

畫是畫在玻璃上的，我用白紙為襯掛在壁上，兩枚桃子飽滿含汁欲滴，在燈光照配之下，非常奪目，美麗十分。我坐在沙發椅上看視，彷彿那兩枚甜美的桃子已然被摘下放在口中了，舒怡之感向全身各處散開，覺得幸福興奮之至。

畫家在作成此幅時，必然有著三千年燦爛歷史文化的心懷給他的靈感，信手揮灑，構圖是如此勻和，一枝獨秀，前後無有任何陪襯。那兩枚巨大動人的桃子，對我來說，竟像是西天王母遣使贈我的蟠桃會上的美桃了。那「三千年結實之桃」秀逸沉落的七個字，彷彿是蟠桃綻破滴出的濃汁，蜜蜜潤潤掛在我的唇邊。我登時覺得一股幸福、驕傲、欣喜的情愫爬上心臆，有一種癡迷的感受。

想想看，「三千年」，在現世能有幾個民族國家可以如此豪情萬丈的大聲疾呼出來，讓人既羨又妒？那樣美盛的感受，真正欲仙欲死呀！不要說這樣撼人的文化感的強大了，橫跨東西，在我此生所至的地方，還真沒有見過、吃過、感過像中國水蜜桃那樣香溢甘美的桃子啊！美國桃子不必說了，大則大矣，外觀甚美，卻是酸烈的，而且水分不多，口感極是乾澀。加州有一種日本品種的大白桃，甚甜，也微有香溢，肉質也頗細膩軟粉，可就是水分不足。我住在金色的福地仙鄉的美國加州舊金山海灣區，能夠品享到日本的大白桃，已經羨煞旁州的友人了，可是我總是惦憶著吃過的中國水蜜桃！

我這一生是異常幸運的。我生在中國三千年豐饒的沃土上，又有三千年無盡溪河的文化陶育著我。經過大動亂，而又飄海工作生活在世界上物質環境首屈一指的美利堅合眾國，竟住在氣候誇世的舊金山海灣區。我執教的學校又是全美及世界知名的史丹福大學，而我的工作正是向美國人介紹三千年美盛偉大的華夏文化。我實在是非常非常幸福的了。

三千年的文化固然令我驕豪，因為我自小便習慣向後看，彷彿在望遠鏡中窺視無窮天際間的一顆行星。行星是那麼遙遠、那麼微小。可是，每當我緬懷中國歷史的時刻，我感到寒涼，有一種無形的悚恐。我記得一九八一年去中國，在登上長城遙望莽莽四境時的激動心情，我聽見自己強烈的心跳。啊！中國！我那時便想高聲呼嘯，我想看到強大的中國，在現代世界的版圖上，傲然雄舉。我一下子想到當年在電視上親眼目睹美國太空人尼爾・阿姆斯壯先生在月球上，代表第一個人類快樂欣跳的情景。以後，我那時站在長城上想，所有到長城上觀光的世族外賓，他們看到感到的該不只是歷史上的長城，也是中國的長城，他（她）們歡欣手舞足蹈，就該像尼爾・阿姆斯壯在月球上奔躍一樣！

歷史固然重要，但是人類的文化總是向前發展。美國人為甚麼總掛著自足自富的笑靨？因為他們總是向前瞻望，他們已經把科技賦予他們的可能性一一實現了，他們要向太空探索，把希望定在未來！未來就是靈、就是魂、就是成功的指航。

不要一味看三千年的歷史了，文化再璀璨也沒有未來的強光亮朗。且讓我們架起望遠鏡，向無邊無際的太空窺探。有一天，讓我們現代的中國人在一顆新發現的行星上、在火星上建造起另一條嶄新的現代萬里長城！

——一九九八年五月二十四日《中央日報》副刊

臨淵履薄

我的年輕朋友王天兵最近自北京回來，找我閒談，道及了一些北京近事。我是北京人，而天兵是北大畢業的高材生，天涯談及家鄉故地、新舊興廢，不能不令人有一番感歎。

據天兵說，北京最大的改變還不是景觀的物質層面。北京現有全球最大的麥當勞牛肉漢堡店，北京商店的舶來品牌之多之精，真是令人歎息。北京每日從近郊縣市湧入的「盲流」（流動戶口）高達兩百萬之譜。他說北京目前的飯館之多之精，真是屈指難數。如此的原因是現在的物質環境大異，改進甚多，且一般人的生活都調高了，大鍋飯的觀念已經拋掉了，當年被政治及刀槍打壓下去的飲食，一反常態，大大勃興。五花八門，山珍海味，無奇不有，精中更精。據天兵語我，南北佳餚，臺、港都瞠乎其後了。而市容的改觀更不在話下，當年市政計畫的三環發展，現在增加到五環了。

因應這些多方面的物質變化，年輕人的生活心態隨之感應變遷，有了極大的令人幾乎難以置信的舉措。比方說，天兵的親戚在北京中央音樂學院讀書，那裡的女學生爭先「捧大款」（找一個有錢有勢的男人），每天傍晚至入夜高級名牌轎車進出接送者大有人在。而有主的女學生們打扮入時，人人手中一具「大哥大」，左顧右盼，風光得很，已經完全笑貧不笑娼了。校中一些不入潮流的人士，把「中央音樂學院」易名為「中央淫樂（讀為「樂園」之樂）學院」，開了一個大玩笑。

一般人（尤其指青年學生）對學習外語（尤其是英文）的重視，更是令人咋舌。有這樣一個廣為人知的笑話：一隻貓媽媽帶著幾隻小貓去逛街，迎面來了一隻巨大惡犬，猙獰咬撲。貓媽媽眼皮都不眨，「汪汪」一吼叫，惡犬縮頭挾尾逃竄而去。回家之後，貓媽媽對她的小貓咪們說：「不用害怕，像我剛才用了兩句外語，管事得很，那渾帳的惡犬不是嚇跑了麼？」在北京的中國人，對洋人的態度，據我另外的學生說，基本上可以說是當年的中外翻版了。我在今年大陸所製慶祝戊寅虎年元旦的聯歡晚會電視節目上，親眼所見，也證明了此語的真實性。有兩個節目，幾乎是對洋人的冷嘲熱諷了。

中國過去對洋大人的唯唯諾諾態度，當然有失國體。但是，一味的顢頇自大，亦非善策。我覺得要像日本一樣，先從自身好好經營，成了氣候，洋人自然會對你另眼相看的。否則，像中國大陸，經濟解體開放，人民的要求越來越多，中央與地方的對立越來越大，如果在政治上因應不善，則大禍已經種下，到時候就慘了。

——一九九八年五月三十一日《中央日報》副刊

不要隨便

中國人一向講「藏拙」，勿要顯擺。如此才表示一個人的「謙虛」和「柔懷」。這樣的哲學觀念，通常表現在一般人的行為上的就是「隨便」。易言之，就是表示不堅持己見，尊重對方。比方說，你以客人身分造訪，主人待客，不能毫無準備，起碼會奉煙倒茶。時下因西風東漸已久，似也習得西人規矩，主人常以「您要來點甚麼」詢之於客。按照純洋人規矩，主人作了上述表示之後，尚未足數，通常主人會自動報上名來，諸如「汽水、啤酒、牛奶、咖啡、冷水、熱茶、果汁……」之屬，任客自選。客人得到主人授意，便自取所好所需，皆大歡喜。可是，學洋未到家的中國主人，在問客要甚麼，而客常不知究竟，再加上中國傳統的「規矩」作祟，也就以「隨便」二字為答。主客雙方都未作出明確表白，通常是主人就以茶水一杯應卯，不在話下。

「隨」者，「從」也，意謂「不堅持」，客隨主便也。主人給甚麼都好。這是中國哲學。

洋人則不然。洋人大凡事以「個人」為準則，經常把「我」奉為圭臬，作出裁奪。個人主義也可以自決自選，終其所以達到目的而已。何況主人既已授意，於是個人意願乃得到極大極高的鼓舞，可以理直氣壯的表示所願了。不會像國人客人的一聲「隨便」，令主人有時好生為難。

現代國人，受良好西式教育的青年男女，常有這樣的生活故事：A君的女友過生日，A君擬以晚餐為女友慶生祝賀，乃以純西式規矩請女友自選地點。女友不願A君破鈔花費過多，胡亂答以吃碗牛肉麵就好。A君聞言，面露不悅道：「今天是我給你過生日，吃甚麼牛肉麵？我今天可是誠意誠心喲！」女友婉言笑稱：「吃甚麼沒那種重要，清水也可當成雞湯。你的心意比甚麼都重要。」殊不知A君聞後更為生氣，赤筋生臉提高嗓門道：「你這是甚麼意思？難道我女朋友的生日就值一碗牛肉麵麼？只要不吃滿漢全席，找個起碼的飯館，點個三菜一湯也沒問題呀！」女友趕緊柔聲細語曰：「好了，不要生氣嘛！人家也是為你嘛！那就隨你便好了。」

一聲「隨便」，未期招來嚴重後果。原係一番細膩關愛的浪漫情景，卻化作了不歡收場——一人一客漢堡牛肉包外加咖啡一杯草草告結。這便是「隨便」害人之處，似乎反倒不如「大男人主義」作風自行裁決，至少風光隆情不會變質減量，令人徒增浩歎，以喜劇興，但以不快收場。倘使A君不識大體，或因其女友之小家子氣頤使，那就可能造成大禍，悲劇終場，鴛鴦離散了。

李四新婚，寄來觀禮粉紅色炸彈請柬。收件人平日甚不以李君為人為然，原不擬赴禮堂致賀，又礙於禮俗，於是「隨便」包上一份賀儀，為數不多。不包則已，一包之下，把「隨便」包在封內，自此李君四處散話，真可謂是「隨便」之災。

小例兩端表過。在我們日常生活中，動輒以「隨便」呼應的例子更不勝枚舉。其結果，十之八、九以不歡作結。此類事，洋人便很少發生，因為他們乾脆直截，yes or no表示得極為清楚，不予人「隨便」之感。尤其糟糕的一點是，國人總是在以「隨便」處理事情之時，不僅行之，而且大聲呼之以為應，便十分令人搖頭歎息了。

道過不該隨便，而竟隨便之事例後，且來看看原本就該隨便（洋人認係如此），但我們國人往往認為「隨便」有失身分體統，竟弄得令人啼笑皆非的事。比如說，那年我去中國，在北京時驅車登上長城。正當展胸臆、發浩歎、振心聲的當兒，忽見打扮入時、足蹬高跟皮鞋之女士及西服革履打了領結的男士數人踉蹌彳行、舉步維艱，狀至痛苦而過。這種不肯「隨便」示人的作風，徒令我仰望雲天，不知如何表白。

總而言之，不該隨便易為之處時，我們偏偏不自知；而當不該拘謹、實應鬆寬自適之時，我們又中度不苟自若。進退失據，可見「隨便」也是隨便不得的啊！「隨便」，從原始少者應隨從長者之後的忠厚之義，演變至今日「任意」、「胡亂」之縱容，能不慎乎！

——一九九八年六月十四日《中央日報》副刊

希望工程的工程師

最近參加此間「樹華基金會」獎助中國大陸邊遠省縣村鄉廣大貧苦地區兒童的評選工作，真正讓我遇上了些此生從未有過的大困難。取捨之間，稍一不慎，就成了千古不赦的文明劊子手。

這些十來歲的小學畢業學童，有些已經十四、五歲了，就因為家境實在清寒輟學而延誤了學齡。他們幾乎個個優秀、品學兼優，又具有超人的特殊才藝技術。最重要的是，每人都持備老師（甚至校長）強而有力、字字掬人熱淚的推薦信（有的寫道：「我對你們海外的中華兒女這樣的情操表示難言的敬愛。你們遠隔大海伸以援手，救助了一株株的中國根苗，讓那些在艱困中向上的可憐學童孩子得到了希望。你們是春風，是及時雨，是大海明燈。」）表示孩子們都是經過校方的精選推薦的。那麼，試想，不知還有多少品學兼優、有志向上，而不幸落選的孩子！我手持朱筆，取捨之間（由於獎學金名額有限），著實難之又難，只怕一筆下去，自己就成了千古罪人，斷送了一個孩子殷殷期盼的希望，斲喪了一個中國在邁向二十一世紀的未來主人翁。我自幼以來，歷經抗戰，國共齟齬，投奔臺灣，最後身在異國力拚，可以說是吃過千辛萬苦（抗戰時期吃過粗糧，住過風雨難敵的破屋，上山打柴，河邊汲水）但怎及這些孩子的苦況於萬一！我對每一份申請獎學金的孩子的卷宗，看了又看，甚至三看四看，實在難以決定。

所有申請的孩子，不是來自雲南、貴州偏遠高原的貧瘠山區，稼穡困難；就是來自乾旱黃土地的陝北、及四川極邊遠的森山嶺地，溫飽只有鹽巴、辣椒、青菜與稀粥。尤有甚者，這些孩子的父母，終日拚命與自然對抗，朝出夜歸，風雨無阻。由於生活條件委實凋零殘陋，以致健康受到不良影響，不是患有貧血、失明、耳聾、脊椎骨折、斷肢、哮喘，就是有嚴重心臟病、腎病、胃病、氣管炎等症。家家有本難唸的經，幾乎每家每戶都為醫療債臺高築。而就在這樣的環境中，孩子只要湊得學費，都會跋涉四、五里路去學校學習。他們吃得苦中苦，為了成為人上人，刻苦讀習，成績斐然。不僅如此，這些孩子上學之餘尚需幫助家中料理雜事，下田耕作。這些申請獎學金的孩子，經學校推薦，很多已經因環境特別突出經學校數度減免學費了。但是，小學畢業後，家裡再也負擔不了上中學繼續學習了。這些孩子，知道這是自己的命運，除了像期待奇蹟似的等待海外的有限經濟支援外，眼看自己就要在求學的途程上永遠畫下休止符了。有許多孩子痛哭數度，在父母歉意的勸說下，放下書包，走進水田，跟父母一樣，一生一世葬送在陽光月華之下，為貧病煎熬，默默地度過寂寞的一生。

有好幾次，我在夜深人靜時，讀著孩子們字字血淚的自傳，在燦爛的燈光下，我似乎一下子看到了無數張憨厚誠篤又可愛的面龐，在眼前閃過，我急急伸出了手，卻眼見他們失望的在我眼前消失。我非常感佩「樹華基金會」的同仁，他們來自臺灣，但為了文化意義的中國人，他們盡力盡心成立了基金會，特別獎助中國偏遠地區苦難的學童。但是，我知道他們的能力有限，也知道偌大的中國這麼優秀窮苦的孩子太多太多了。他們真是心有餘而力不足啊！

中國大陸民眾自動發起一項「希望工程」運動，有錢出錢，有力出力，一起來幫助社會上嗷嗷待哺的人。「樹華基金會」的執事們對於熱愛中華民族炎黃子孫的人所捐贈的任何一分心力，都感激不盡。我很喜歡「希望工程」這四個字，我願意自動承擔工程師的職務，不要再做一位文明的劊子手。

——一九九八年七月二十二日《中央日報》副刊

新與舊

我的一個美國學生，初始治中國現代文學。但，三年之後，由於發現了「現代」與「古典」之間許許多多彷彿藕斷絲連的現象和問題，不能一刀兩斷，於是追本溯源，回流向上，越探越深。結果，興趣與時間全用在了追本上面，覺得「古典」如飴在口，美妙無比，便決心捨現代而取古典了。她作了這樣的取決時，曾跟我如此說：「現代文學固好，但不禁古典耐讀，終覺味道太淡。打個比方，就像吃發麵饅頭，鬆鬆軟軟的，還帶著一層甜味，口感不能說不好。可是，當你嘗了山東饅頭，甚至啃了槓子頭之後，就覺得發麵饅頭不耐嚼，不禁吃了。讀古典文學，就像啃嚼槓子頭一般，越啃越香，越嚼越有勁，滿口快感，其味無窮。」

此姝所言甚是。

學生用喻極佳，老師的我不但忖出了她對新舊之間的精見，伊也展示了對中國食品的肯綮看法。新舊之間，源遠流長，無舊則不足以言新，然一仍舊貫而無出陳新義，則無有長進。

可見新舊之間，必然要拿捏妥洽，才能產生實質意義。

我家後園有沿地鋪放之木製甲舨。每到夏季，椒樹枝葉脫落，先則以葉，繼之以小枝，終之以椒花如粉。在這段時期，我都用竹掃帚清理。每次清掃，大約耗時半小時。有時枝葉嵌夾在甲舨木片接縫中，用竹帚掃拂，有若以牙籤剔除齒縫間餘物，有說不出的舒爽快感。

以前在臺時，市區都有清道夫隊。女士們頭戴簷笠，用布巾繫於頸項間。身著緊裁衣褲，不施脂粉的清秀美好面龐襯之於烏黑若雲的濃髮前，紅顏配上朝暉，手執長柄竹帚，在馬路上工作。那真是健康青春美盛多情的畫面。出國後，在異域沒見過那般的圖景。清潔道路通衢的工作，都由掃路車取代，車旁有落地大刷，順著街沿掃刷，其聲沙沙，隨了汽車引擎聲轟轟，一切快速有力，但就是缺少舊時竹帚清除的美妙。校區或大宅公司行號，也常見有壯漢手執噴筒，肩背上負了小型裝有燃料的發動機的工人，以噴氣清除地上落葉塵什。不但巨聲擾人，且噴出之燃料氣體，嗆鼻難聞。以這樣的新機器代替舊竹帚，不談效率，至少沒有從容閒爽的勝感。這或許也是我喜舊厭新的情結罷。

美國這個國家，立國以來就是以新除舊（獨立）的觀念掌理生活，故他們民間的哲學觀即是「新比舊好」。加之以科學的推助，把「新」拋到未來的知識空間，於是「舊」就很容易被漠視甚至揚棄了。這樣的認知解說未免太主觀了一點。我常常告訴他們，新不是一定比舊好，因為沒有舊則無新。這是相對的。這跟沒有父母親即沒有子女一樣，怎能說子女一定比父母好呢？父母可能是大有為的真命天子及皇后娘娘，子女很可能就是亡國之君。也許，我們可以認為，「新」的空間比「舊」大，機率也更大更好，如此而已。否則，為甚麼舊古董還價值連城呢？臺北的博物院，以民族文物來說，有誰可以跟故宮博物院媲美的呢？總之，歷史就是「舊」的重生，時、空歷歷在目，供我們思索，供我們珍惜。

即以飲食來說，最好吃的臘肉就絕對無法以機器大批製作。從選肉、到醃製、到曬晾、到以松枝燻烤，必須經過傳統的過程手續，蒸出來的臘肉才如玉渾然，又富有濃烈的史香，入口即化。不說別的，那臨上桌前的刀切功，這樣的手藝也附在片片如紙的臘肉上，不作他想了。我在域外超級市場中買到的臘肉，都是冷凍得硬梆梆的如石一般。這倒也罷了，待蒸出入口，口感硬是不好。土雞肉香就是比打針雞強過千百倍，這誰都認為是不爭之實。但是，難道我們只為肉香而不論科學飼養雞隻的管理方法嗎？

新與舊，總之，戒之過枉。相輔相成，推陳出新，一進再進，緬懷前者，期諸未來，人類的歷史，就是在這條軌跡上展發出來的。

——一九九八年九月二日《中央日報》副刊

寸土必爭

朋友自北京歸來，以北京美術攝影出版社一九九七年印行的《北京四合院》一冊見贈。該冊圖文並茂，有系統且詳盡的介紹了老北京世代的馳名中外，為世人皆知的主要建築。

四合院的獨特建築形式，有其悠久歷史。自元朝正式在北京建都，大規模的整建策劃都城計劃，便與宮殿、衙署、街區、坊巷（包括胡同）一起出現了。根據元代末年熊夢祥著《析津志》所載：「大都街制，自南以至于北謂之經，自東至西謂之緯。大街二十四步闊，三百八十四火巷，二十九衖通。」所謂「衖通」就是今北京稱之為「胡同」的巷子。胡同與胡同之間，乃是當時供臣民建造房舍的地皮。元世祖忽必烈時更把地皮分給遷居京城之官賈營建住宅，而北京傳統的四合院住宅大規模型式於焉開始。明清以來，北京的四合院雖云歷經滄桑，但此種基本的居住形式業已成型，且不斷加以完善增補，以求適合居住之需要，於是我們今天所見到的四合院便以特異的形式姿態流傳下來了。

四合院者，是由東、南、西、北四面房子圍合起來有「內院」的住宅，老北京稱其為「四合房」。四合院規模不一，相差殊異。但不論大小，建築的基本單元則一。基本單元也即「一進四合院」，倘房舍圍合成兩個院落者，即為「兩進四合院」，依此類推。如王府那樣的大型四合院多達七進甚至九進的院落，所謂「深宅大院」，乃指此而言。由於日照的影響，四面的房子以座北朝南為最佳，故四合院都以北房為正房，東西兩側為廂房。正房與廂房間，一般由抄手游廊聯結溝通。抄手游廊是一種開敞式的附屬建築，可供行走蔽風躲雨，也可供休憩小坐，觀賞院內景緻。北京人俗謂的「天棚、水缸、石榴樹」也就是一般的四合院內景了。

四合院是一種封閉式的住宅。四面的房子向院落開門，一家人在裡面和親和美，其樂融融。由於院落寬敞，可以栽花植樹，飼鳥養魚，疊石造景，趣味天成。這比起南方的民宅，一字排開，有的甚至無院無園，就有很大的不同了。最重要的，是四合院的營建秉承著我國民俗民風及傳統文化。撇開風水學不談，四合院的裝修、雕飾、彩繪，表現出國人對幸福、富裕、吉祥、美好的追求。門頭上的吉辭祥語，檐柱上的楹聯，以及懸掛室內採集賢哲的書畫古訓，充滿了濃郁的文化氣息。跨進院內，恰似步入一座中國傳統的文化殿堂。

這樣的具有傳統風尚形式及文化色彩的建築，在今天都市邁向新局的部署下，尤其像北京代表著大中國的首都，便面臨著取捨之間的難題了。今日國家都市的建設，肯定無法保持老四合院那種小天地獨霸一隅一角的格局了。土地的空間盤算利用，勢無他想地成了必然的考慮。但是，歷史文化傳統昭然的四合院，在現代建築日新巧構的形勢下，究竟有其歷史的意義。就像故宮的文物一樣，我們不能棄之而不顧，必須另建富有傳統韻味的現代博物館以珍之貯之。四合院當然不像文物可以另館而藏之，但如果要保存有歷史遺風的先民遺產，我們勢須設法。

一九八六年我訪韓國漢城時，便發現韓國人有此一難題的因應之道。我曾為文寫道：「為了保存傳統文化不至於在快速的經濟發展工業建設中消失，而又能配合國家建設政策，達到對內對外展示民族傳統以肯定歷史精神的長遠目的，把散布各地有民族特徵、富代表性的建築拆除集中重建，概依原有精神及格局，的確是一項有魄力、有計畫、更有教育意義的重大舉措。官衙、庠序、寺院、朝臣官邸、豪族地紳宅第、農舍漁村、市井百業……都彷彿沙盤作業，呈現眼前。」韓國人做得到，由政府策劃發動，民間應之，「民俗村」便在漢城以南大約四十分鐘車程處依山而存在了。那中國人為何不能效法以行呢？拆除重建固然破壞了歷史真實完整性，但人為的破壞或任其敗朽於無聲，則聊勝於毀啊！

我有這樣的概歎，是因為北京現代文學館副館長舒乙兄（老舍先生的公子）曾有〈小院的悲哀〉一文，就是談到了一座小四合院收到「拆除」令，而屋主四出奔走求援，找到了舒乙的真實故事。

這個四合院的主人姓趙，名景心。他的先人就是中國近代著名宗教家趙紫宸先生，曾為世界基督教聯合會六大主席之一。趙景心先生的胞姐是當年北大著名德文教授，一生從事翻譯及比較文學研究，是惠特曼及艾略特專家。這樣的一個書香世家的小巧四合院，前院在文化大革命時硬遭侵占而至今未還，而目前的房地產商人看中了這塊肥肉，竟然在趙先生的故居牆上畫了一個大白圈，寫了一個「拆」的大字，說是要在此土剷除老四合院後興建一座商業大樓，限期趙府遷出。舒乙在文內這樣寫：「趙老先生四處請求，奔走呼籲。……他已是八十一歲的大學退休教授，對他保留四合院的請求，有的回答得委婉，有的回答得堅定，卻始終沒有鬆嘴。小院依然沒有擺脫被拆的命運……

我只感到可悲，末了還是可悲。除了可悲兩字，我已無法表達我的複雜心情。小院的價值，或許還在小院之外。因為，可以把它當成一個典型——一個判斷是非的典型，一個解決『保與拆』爭論的典型，一個代表千萬座北京四合院的命運的典型，一個如何正確對待自己歷史的典型，一個設法保持自我個性的典型……可愛而可憐的小院，我為你擔憂，深深地，深深地……」

擔憂，恐怕也就是舒乙無可奈何的形容詞了。問題是，為甚麼中共竟然沒有看出、料出可怕的結果？至少，依區區管見，中共可以設立一個特別委員會，專司負責四合院的存廢問題，禮聘學術界、商界、建築業……有關人士平心靜氣，設法共議以謀求折衷之道。怎可就憑蠻勇，在牆上畫下一個大白圈，再寫上一個大的「拆」字，於一夜之間便把有幾百年歷史的四合院夷為平地呢？拆很容易，但拆了就沒了。總之，這正是官方應該拿出勇氣，講理講道德，寸土必爭的時刻了。

——一九九八年九月十二日《中央日報》副刊

江山、美人

美國總統柯林頓與白宮實習生魯文斯基女士之間的緋聞，如翻江倒海，甚囂塵上。經過特別檢察官史達先生八個月的追蹤調查之後，上月九號下午將厚達四百餘頁的調查報告送交眾議院。柯氏是否會受到彈劾？舉國上下及全世界似乎都等著「且看下回分解」了。

據特別檢察官史達氏的發言人巴卡利表示，調查中已有足以構成柯林頓總統被彈劾的可信證據。究竟如何，無人知曉。我於當天傍晚觀看電視新聞，鏡頭出現調查文件車送國會大廈的整個過程。三十六大紙箱卸下之後，警員嚴肅開道，驅散圍觀群眾，制止急躁的記者群，真是如臨大敵一般。

在眾院未將調查報告內容「外洩」之前，柯林頓總統的命運只有「天知道」三個字可以形容。這些都暫置一旁。我想在此一談的是，何以一國之尊的總統大人，身為全球矚目的政治人物，居然會毫不檢點的在總統的辦公室——白宮中，搞起男歡女愛（是否「女愛」待考。

此處姑用成語）的巫山情事來。而事後竟毫無羞愧悔意，在告全國同胞書的電視上仍口口聲聲稱「凡我同胞，應以國事為重，把此家務事置諸腦後。讓我把美利堅合眾國帶入二十一世紀。」這就不能不令人感覺有些奇特異樣了。

這件緋聞發生之後，新聞媒體曾做過數度民意調查。大體說來，大多美國人認為柯氏身為總統，即使個人行為稍嫌出軌，但以國事論之，他仍是人民心目中的政治領袖，美國需要他的主導。這樣的民意，自然與中國儒家思想的哲學觀念不合。「以身作則」的操守，在美國個人至上的社會，大概只有教會人士被視為衛道的對象。「個人」隨時隨地會突然冒出來，而且大家必須尊重。他們在公與私的情事上，分得極為清楚。總統也是「個人」，他好色，只要不妨礙公務，套一句美國人愛說的：So what?（這又怎麼樣？）在新社會新思想見習下，男女關係已經越來越自由方便，似乎已經不屬於「道德」轄控的行為了。我跟我的美國學生談論此事，學生大體的意見即是：只要柯氏能勝任總統公職……(So long as president Clinton is capable)他們多半認為媒體無需過分渲染報導，就因為這正是侵犯了「個人自由」。

我對於柯林頓總統，究竟為何會按捺不住一己情欲，而就在白宮做出於公於家於私都嫌不稱的行為來，一直懷有一探的興趣，可是百思不解。前兩天閱報，報導一位心理學專家的分析，認為如柯林頓總統者，屬於「T型男人」。英文字母「T」是Thrill seeker的縮寫。Thrill seeker譯為中文，就是「尋找刺激」。這位美國前心理學會會長法雷先生，用了近二十年的悉心研究，對這種「T型男人」的特性加以描述道：「整體言之，此類男人行事積極，他們創造現代世界，卻也帶領我們去到一個不可知的世界。他們喜愛嚐鮮，喜愛改變，喜愛經歷各式各樣的不同經驗。他們極富創意，一般人尚摸不清底細的事，對他們來說，似乎早已不是問題。他們精力過人，能獨立判斷，對操縱自己的命運有十足信心。」除了此種人的正面特性外，其負面特質乃是：「有極大可能毀滅自己，也極可能毀滅別人，他們對於床第之事饒富興趣，他們的性行為千奇百怪，性伴侶生張熟魏，只要是女人，來者不拒。」法雷先生並說：T型男人多半與生俱來，但後天造就者亦有。證據顯示，受基因左右者多，但受環境影響者也不乏其人。

柯林頓總統的膽大妄為，究係基因主導，抑或後來環境使然？我們不知道。衡諸白宮緋聞一事，似乎兩者成分都有。他可以對留有自己精液的魯文斯基女士的外衣視若無睹，著魯女帶回家存之；而公然在白宮「做愛」，三番五次，習以為常；事後的滿不在乎表情，在在都印證了法雷先生所述的特質。

男歡女愛，本是動物本性的一種正常表現。但是，畢竟「人之異於禽獸者幾希」，我們有所謂的「道德」來約束行為。儘管政治哲學思想日新月異，然則「做人」必有其一定規範，不可造次。這不是冬烘學究，而是說我們勢必履行人的尊嚴。「不愛江山愛美人」，在中外歷史上多矣。當年的帝王，或許還可以恃仗政治制度及思想而一意孤行，可是現在已經是民主大彰的時代，不知檢點，那就是不知好歹了。唐明皇因「漢皇重色思傾國」，於是有楊玉環入宮，他因好色而忘其所以，結果惹來大禍，幾乎亡國。在那個時代，唐明皇要江山、美人雙得，雖不易為，但是可以。現在呢？柯林頓仍然想一箭雙鵰，這就是聰明反被聰明誤，不識大體輕重了。

江山與美人，二者兼得固然最好，然至少可以牢牢握有其一。而柯氏貪腥，為了女人，現在弄得面臨被彈劾去職危機，能不戒乎？能不慎乎？

——一九九八年十月十一日《中央日報》副刊

三霞工程

中國大陸的文壇，有所謂「三霞工程」一說。「霞」乃「峽」的轉借，蓋因大陸的長江三峽大水壩工程之修建也。而此處之「三霞」，係朝霞、彩霞、晚霞之合稱。喻青少年文學為朝霞；壯、中年文學為彩霞；老年文學乃晚霞也。這是一種巧妙的比喻，細思之，覺得頗為可取。尤其用「工程」狀述文學百年大業之興建，非乃朝夕之工儼然。

工程之宏觀，必有匠心獨具之工程師及大批參與建設造施的人。而文學之樹建，沒有一個獨特總兼其工的人，實際上是眾志成城的偉大壯舉。文學之興盛繼往前衍，這一條人文大道是代代相沿積累而成的。彷彿馬拉松長途賽跑，參與競賽者大不乏人。馬拉松賽跑的精神是不論名次快慢，要者乃是自始至終，不可半途而廢。文學亦然，這是一項偉大的業績，不是胡亂玩票、像唱卡拉OK那樣圖一時之快的門徑。古人說：「文章，經國之大業，不朽之盛事。」其義已明。不論寫詩、寫散文、寫小說，都勢須認真，窮畢生之精力以達成。人的才智不一、經歷各殊，有人下筆千言，勢如洪泛長江大河，一發而不能休。那是大才，非一般作家可期。然則，既獻身於文學，便不可東張西望，覬覦圖謀。所謂「耍筆桿子」，是最最糟糕的名詞，這就把「文學盛事」的立身精神自毀打散了。這一點起碼的分際，凡欲在文學之長河中蹚上一腳的，都必須有充分的認悟。

朝霞有若曒曒光芒萬丈，彌天蓋地。青少作家其志宏野，真如朝霞在天。然則青少作家的大缺陷也正在於不厚實，太過光鮮，強光迫人。他（她）們的才具知識經驗都嫌淺弱不足。彩霞則似長江大河，滔滔萬里，氣勢如虹。是故中年期的文學作家在文學史上留下的數量最多，正因為他（她）們處在人生的鼎盛期。而晚霞則如萬花筒，彷彿穿越隧道，又像戴著墨鏡看日蝕。老年文學作家大都如此，絢爛已過，「林花謝了春紅，太匆匆。無奈朝來寒雨晚來風。臙脂淚，相留醉，幾時重。自是人生長恨水長東。」

李後主的詞句真是道盡了老作家的無限感懷。

我前兩天整理書札，翻到一九九五年五月三十日舒乙（中國現代文學館副館長）自北京寄給我的信。他在信上說：「日前有臺灣符姓者率亞洲華人作家團來訪。授給蕭乾、卞之琳、曹禺、艾青、錢鍾書五位老作家『敬老獎』——石碑一小塊，紅包一個。除蕭先生一人到場外，其餘四人皆在病床上。他們又到滬，授給柯靈、辛笛、施蟄存三老同樣的獎。他們並說，今年在臺灣他們也給了林海音先生和張秀亞先生。除了林先生『活蹦亂跳』（按：林先生近年健康欠佳，已不再著寫，且應酬活動都很少參加了）外，其餘皆不成了。」

不但「其餘皆不成了」，就在舒乙給我信同年的數月之後，名作家張愛玲女士逝於美國，在臺灣，張秀亞女士坐上了輪椅，朱西寧先生也過世了。在中國大陸，文學大老級人物，目前尚有巴金、謝冰心，但她們已屆風燭殘年，成了「裝飾性」的作家人物。

我道出這些令人感慨的事，無非想說，文學大業，雖然有這些大老們的參與著色，但畢竟時不待人，都將歸入歷史長溪。也正如此，我們期盼，三霞工程快快建起，讓萬丈光芒照耀寰宇。老、中、青作家的大結合，才是文壇盛事啊！

老友瘂弦兄最近退休，上月曾來信謂：「老來明知夕陽短，不用揚鞭自奮蹄。」他更補充說：「趁天黑前能見度尚好，老友，再趕一段路程罷。」瘂弦兄縱橫詩壇、叱咤文壇自不待言。但願他重拾彩筆，在「夕陽無限好」的檔期，寫出不朽傳世的詩歌來。在臺的晚霞詩壇大家如余光中教授者，教學之餘，作品不斷，正可為彩霞期的中年壯年作家，特別是朝霞階段的青、少作家，樹立難得的典範，讓詩如行雲流水，在無垠的天空映開出彩虹來！

——一九九八年十月二十八日《中央日報》副刊

兒戲

美國的立國精神，自建國起兩百餘年來，是建築在自由、民主、平等的理念上的。這種強烈的理念過分保障了個人的權益，於是乎美國的基本人權，美國人的生命與財產，也經常遭受直接危害。就以現行司法案件來說，被告的權益似乎較之原告更受到法律的保障。自由槍械的法律，使人民可以輕易獲得槍械，原為保障人權而設，結果適得其反，持槍犯罪的案子越來越多。不但越來越多，實在說是越演越烈，青少兒童持械殺人，已經不是甚麼新聞了。

今年三月，在總統柯林頓故鄉阿肯色州一個叫做瓊斯波諾的小城，就發生了兩名未滿十四歲的學生，穿了軍事野戰服，在校外伏擊了四名同學、及一名女教師。此案經法官以五項謀殺罪及十項暴行罪定罪，判被告兩名學生入青少年拘留所服刑。

按阿州州律，未成年犯不得比照成年犯定罪。是此，姑不論少年犯犯下了何種滔天大罪，都不致按成人定罪，在青少年拘留所服刑至年足二十一歲即予開釋。如果青少罪犯在所中表現良好，刑滿兩年，還可以在十八歲時提前獲釋。換言之，這兩名槍殺了五人的少年犯，很可能在青少年拘留所未足十八歲就被保釋出去，又是一條好漢了。

第二個犯例是今年七月，在芝加哥，兩名七歲及八歲的男童，因貪圖一名十一歲的鄰居女童的腳踏車，竟用石塊投擲該女童，將女童擊斃。兩人合力將屍體拖入樹叢中，又將該女童所穿衣褲脫下，予以「狎弄」，然後若無其事分別返家，看電視及逗弄小狗玩耍。此兩名少年犯已被正式控以謀殺。如果罪證屬實，他們將成為美國有史以來最年輕的殺人犯。

前面兩個犯例，一為持械殺人，一為暴力殺人。持械與否不是重點，要者都有明顯成熟的殺人動機。前者也許是英雄主義作祟，後者則顯係謀財。十四歲以下的兒童，居然成了殺人要犯，這太可怕了。美國少年犯的年齡似乎已經越來越年輕了，同時，作案的泯滅人性及殘酷性也越來越高超了。他們已經無視他人的人權，只為了滿足「個人」的興趣與所需，已經非常非常的具有成人意識了。

美國這個社會，提倡重視個人，幾乎已經到了走火入魔的地步。個人固應被重視，但必須給予適切的輔導教養。一般美國家庭，父母自己為了「個人」，婚姻破碎的狀況極為普遍。彼此都不願遷就對方，對於子女的教養簡直談不上幫助。孩子在單親環境中成長，在家中得不到應有的父母關愛教育。而這些可憐的孩子，在學校中也得不到師長對他們德育上的教導。

我在電視上曾經見過一次脫口秀，節目主持人邀約三對母女談她們兩代之間的生活及感覺。有一對的故事是這樣：二十歲的女兒（身材臃肥，打扮俗膩，舉動粗糙），在十四歲時即頻頻與男人發生性行為，懷有身孕。母親勸她墮胎，卻遭反對。母女二人於是發生爭吵，極不愉快。女兒說，媽媽自己可以在跟爸爸離異之後，與不同男人同床行樂，完全視她於不顧，她也是人，十四歲為甚麼不能當母親？至少她認為自己會愛惜孩子比母親愛她要多。說得激動，以致聲淚俱下。

孩子的缺少教養，美國社會也要負一大責任。上文說過，個人主義已經走火入魔，多數人只為個人利益著眼，完全不顧別人。在學校內，年輕孩子如果被同學譏為唯父母之命是從的「nice guy」，則認係奇恥大辱。因此，意志薄弱，在家中又得不到關愛教育的孩子，有的失控誤入歧途，有的就因為爭取個人尊嚴鋌而走險了。而另一方面，社會上的通俗文化氣氛一下便攫獲了這些孩子。性自由開放，持械鬥狠，煙、酒、毒藥，反叛自是，在無人訓斥、無人看管的情況下，就開始墮落沉淪了。

而最嚴重的是，社會上流行的「保障人權」的寬大罰則，對於犯案的人無形中增加了氣勢口實，恃此不改。我們在報章上、在電視上看到的社會輿論偏袒兇犯的真實報導，真的已經到了我們認為美國法律勢需立刻進行修正檢討的地步。要不然，對於青少年來說，再這樣讓他（她）們繼續「兒戲」下去，作姦犯科，對兒童而言，似乎就是兒戲大作了。

——一九九八年十一月六日《中央日報》副刊

孤獨的重要

近期妻又有返臺之行，一月之間，巨細自理，想想又是「慎獨」之時了。

俗語有謂「小別勝新婚」，這是指夫妻短暫獨處之後重聚的欣快。如此的欣快，是在「孤」了之後，「獨」行的佳滿結果。此處我將「孤」與「獨」分別言說，意味「孤」是被動的不得已，而「獨」則是被「孤」之後，一種有意的主動。「慎獨」一語，正乃如此。所謂「慎獨」，是說在「獨」的期間，務必自律謹慎，不可一意孤行做出出了圈的事來。對於男士而言，流行歌曲中有「路邊的野花不要採」一句，最能道出其中一斑。

人是群居動物，在這樣的前提之下，特立獨行就往往會變成「死胡同」——此路不通了。前面所言孤與獨意涵著被動與主動之別，大致上的確如此。中國的複詞「孤獨」，最能言及此中微妙的彼此關係。先是被「孤」了，於是在自力更生的景況中也只有「獨」了。「孤寂」是不得已的，沒有甚麼人天生就甘願過那樣的生活，或是因個人的行為理念，或是因為被外界隔絕阻撓，不管怎麼樣，於是乎只好因為「孤掌難鳴」，或「孤芳自賞」而「孤僻」起來，甚至在走投無路關頭，只好「孤軍奮戰」而「孤注一擲」了。總而言之，那必是環境使然。我們說某人「孤傲」，也是先因某人個性而遭致外界的堅壁清野，事不得已而「僻」了起來。不是因為某人一開始便主動的要無依無靠，從而孤傲起來的。「孤立」、「孤單」、「孤苦伶仃」都道盡了這種被動的苦況。

而「獨」便不一樣了。基本上「獨」是一個人本身所願採行的原則方式。它是有意如此的，不是不得已的。表演藝術的「獨唱」、「獨奏」、「獨角戲」，就是故意如此設計的。這是「獨創」。「獨具匠心」、「獨具隻眼」、「獨占鰲頭」、「獨當一面」，甚至「獨斷獨行」，都是我們對於這種一己立場主動要求的稱讚。因為這些行為，約而言之，都代表有主見的自信及英勇氣概。「獨立」一詞，最能道出這種可貴的精神。先是生活在別人的控制或扶助呵護下，沒有完全的自我，於是為求掙脫這種箝制束縛而竟「獨」之，爭取完全的自主自控，這是一種大勇，可歌可泣。但是，西方人教養青少年，培育其自治能力，加上「個人主義」的推波助瀾，青少年也就自幼接觸到獨立的美好自由，嗜之不疲了。西方的這種思想，推而大之，在政治上便形成了十足的自信，本來很可能演變為一意孤行或獨斷獨行，但他們卻又倡議民主，尊重異己之對方，而不致有獨夫的出現。萬一出現了，或快要出現了，那就被「革命」革掉了。

至於「孤獨」一語，在個人行為上，鄭板橋先生所謂的「難得糊塗」，就是最好的寫照。這也就是中國哲學「自約」的解釋。不要鋒芒太露，於己於人都有好處。「獨立蒼茫自詠詩」，這是獨善其身，不願隨流，又不願成為獨夫蠻勇而應有的自持，一點也不消極。此種操守並不易為，且莫謂之「窮極無聊」。環境有時「常使英雄淚滿襟」，但終究事有可為不可為，獨立蒼茫自詠詩，這便是有為的一種創行，很令人起敬的。李白有一首〈獨坐敬亭山〉的五言絕句：「眾鳥高飛盡，孤雲獨去閑；相看兩不厭，只有敬亭山。」把孤跟獨主客之間的微妙完全表現出來，是一個平常百姓的個人，或是一個在途程上遇到困境的政治人物，都應該詠歎的。只有在成為孤雲一片的時候，才能冷靜思考，不懼、不餒、不愎、不剛，充分掌握環境，利用之，發揮之。在「獨去閑」的階段，了無牽掛，慎思獨行，必能否極泰來。王維的名句：「空山不見人，但聞人語響；返景入深林，復照青苔上。」便是得道的高深意境。所以，李白的「花間一壺酒，獨酌無相親」並不要緊，因為能甘於此，才能「舉杯邀明月，對影成三人」，最後才能「相期邈雲漢」！

——一九九八年十一月二十日《中央日報》副刊

人生自是有情癡

日前讀報，有發自南非新聞一則。一名八十高齡的老婦人，癡情不移，竟然下嫁給已經謝世長達二十五年的情人馬桑納高先生。我言「下嫁」是充任新郎的人乃馬桑納高先生的孫兒。新娘姬碧女士在婚後接受記者訪問時稱：「馬桑納高雖已過世，但無疑他仍是我心目中的無瑕男人。」

報導說，這一對有緣無分的戀人遠自一九四〇年便相愛同居了，他們育有七位子女。但是，兩人迄未獲得女方家長同意共諧秦晉之好。按照南非傳統，男方必須將充作嫁妝的十二隻牛悉數交給女家，方可迎娶。但馬桑納高先生生前一直未能如願。身為老嬌新娘的姬碧說得好：「我太高興了。一生夢想終於成真。也許有人會笑我如何會嫁給一個死人，真是荒誕。但是，難道我們沒看到滿街穿梭的行屍走肉嗎？」

這位老嬌娘說的太好了。世上真是廢人太多，這些人於公毫無作用，亦無利益。可是他們的生活全靠納稅人供養。所謂「廢人」，是指我們公益的社會完完全全不需要的人，不是說因為意外身體殘缺或因病而不事工作，而不能生產勞動的殘障。這種人的物質層面十分良好，不過他們的精神方面卻極為貧乏，有時貧乏到不應稱其為「人」。

中國人說「做人」，我的洋學生問我究作何解？我說，我就把它譯成這樣的英文：How to behave oneself as a reasonable human being. 所謂 reasonable，便是合情合理，合乎分際。人是群居動物，既然如此，一己的行為必須納入公眾環境的要求。「情」與「理」，都是大眾的要求，個人不可以一意孤行。要一意孤行就到月球上去，或太平洋中的無人小荒島上去。

行屍走肉，如果但在一己家宅之中，與人無涉，倒也罷了。我前些年在電視上看見一項特別報導，報導一位肥小姐體重高達三百餘磅。不是一臉橫肉，而是一身累贅肥肉，平躺在床上，不能動彈。說話發音都有問題。我看電視時一下子想到中文「自作孽不可活」這句俗語，自戕如是，那也沒得可說了。我舉這個例子，無非想說，在一個民主的公社會，「自殺」是不犯法的。在一個開放的自由民主社會，個人固應被尊重，但個人必不能不顧他人，甚至妨礙他人。在一個民主的公社會，「多數決」就代表民意。

前面已言過，「行屍走肉」，倘若只在私宅家中，我們也就不管。然則，倘若這些大人先生一定要拋頭露面，公然行之於大眾之前，而且尚伸腿伸手，惡言惡狀，那麼，我們便只好請政府籌辦焚化爐，將這些我們社會上全然無益的人物，焚而化之，則大幸矣！

說到結婚，當今之世，指腹媒妁都早過時，大家公認男歡女愛，自由結婚方是今人所尚。真的男歡女愛，那也無可厚非。問題是男歡女愛的程度何其潦草短暫，私慾總是不把它由結婚之二造共認。結結離離，簡直就像辦家家酒的男女兒童。有人屢結屢離，三番五次，甚至還在炫耀標榜，那就跟在人前行屍走肉，沒有甚麼兩樣了。這與文中提到的南非老婦因癡愛而嫁給謝世二十五年的死人丈夫，就不可同日而語了。古人說：「人生自是有情癡，此情不關風與月」，正是。

——一九九八年十二月一日《中央日報》副刊

自嘲的勇氣

我自己雖不熱中現代科技的電腦，但友人中凡精於玩此物之諸公，我都佩服得五體投地。時下常聞，internet 一語，中文稱之為「網路」。不管甚麼，一經上網，彷彿撒下天羅地網，巨細難逃。大概傾心於「資訊」的人，無不興奮振作。人在機前，兩眼發直，如癡如呆。左取右攝，端的得其所哉。上網訊息，據朋友稱，真是罄竹難書，只要不是色情之網，避開不法邪門，玩電腦者莫不稱快。東、西、南、北，上、下，古、今，瞬間呼風喚雨，俯仰嘖嘖讚嘆。生而為人，享盡世間福澤。

一位玩電腦的朋友，最近以得自上網資訊消息兩份，示之於我。中文的一份，經我略易數字，句法稍加潤飾之後，錄下如左：

「錯」的邏輯

太太沒錯。太太不錯。
假如有錯，是我搞錯。
伊本無瑕完人，豎子累伊受過。
伊既拒錯，必然無錯。
是非不辨，呆頭笨鵝。
總而言之，統而言之：
太太沒錯。絕對無錯。
伊不犯過，怎能有錯？
此語不虛，神明鑑之。
信之諾諾，阿彌陀佛。
已矣夫！
呆鵝不察，欲語還休，仍在瞎說。
莫！莫！莫！
天條犯了，好事多磨。
誰言結髮自得？糊塗罪不可赦。從此種下大禍。

呆頭鵝！呆頭鵝！

錯！錯！錯！

這位上網提供一己心得的君子，其所給我最大的感受，乃是此公具有難能可貴的自嘲大勇。他的文題定得好。全篇是否合乎邏輯，讀者會心一笑。昔鄭板橋先生有「難得糊塗」一說，最能道出真意。自嘲的「呆頭鵝」，豈會是真正百分之百的蠢貨！記不清曾在何處見過一篇小文（英文寫的），大意是說凡是怕太太的男人有福了。中國俗語說「吃虧是福」，正乃指此。錙銖必較的男人，真乃天下之大笨蛋也。一個精明能幹的主婦，豈會平白讓她的另一半吃虧。我的一位洋朋友就說，凡是做菜做得好的女人，必然能御夫於爐灶上。大哉善哉斯言。自嘲便是對自己，對周遭環境瞭如指掌的好證明。眼前虧不吃，以逸待勞，何樂不為！中國人中有許多掌握不住幽默的人，出語總是尖酸刻薄，損己傷人。所謂「語中帶刺」，乃指此而言。一般人把怕太太呼之為「懼內」，這就是不諳幽默的說法。「吃軟飯」太有損自身形象，而「懼內」一詞中之「懼」一字，又難免予人口是心非之感，或者讓太太消受不了。我認為最好的說法是「太太萬歲黨黨員」，謔而不惡，大家呵呵一笑便了。試想，能夠有意識的入黨，豈是有懼之人？又有人自嘲是「吃軟飯」的，這也難免予人造作之感，何不把自己說成是「軟飯硬吃」之人？我自九年前大病後，遵醫囑不飲「硬酒」(hard liquor)，但一般葡萄美酒不在此限。我把wine呼為「軟酒」，於是戲稱自己目前是「軟酒硬飯」之人，心中那點大男人主義味道的餘瀝也出來了。這樣的幽默就是諧而不謔，凡來酒蟹居飲酒啖飯的客人都含笑點首稱善。我的朋友舒乙說得好，他說「諷刺」是冰冷的，而「幽默」則是溫暖的。是故，凡是能掌握幽默的人，必不傷人，也給自己留下了餘地。

前面說我的玩電腦的朋友示我上網資訊二則，除了中文一份令我一發而不能休說了許多之外，還有一則英文的。是一位上網的黑人玩電腦者，自嘲兼而幽了白人一默的打油詩。好就好在他的自嘲之勇，而又語出幽默，不似一般黑人對趾高氣揚的白人或自卑或過於踞傲的表現。

我一時興起，順手把它譯成中文，而且押韻。茲特鈔錄於下，大雅君子，尚望指正：

黑白講（胡說八道）

生來就黑。
難怪從小人呼黑鬼。
病容也不例外，不辨自己是誰。

即使曬了太陽，渾身烏黑不褪。
一朝蒙主寵召，還是漆黑一堆。
可是你啊……
小子生就粉粉嫩嫩。
之後一帆風順，長得既白又潤。
生病容顏不改，貌似青山如黛。
日光浴罷之後，彷彿去皮紅柚。
萬一傷風感冒，看來雲山霧罩。
就算翹了辮子，也是由白轉紫。
自比無瑕白玉，可總變來變去：
一忽兒粉呀一忽兒綠，
一忽兒紫呀一忽兒紅。
你呀！虧你還說得出我是「有色」人種！

通篇沒有一個憤世嫉俗的髒字，而最後用「有色」一語雙關道盡感慨，這就是自嘲他嘲的好例子。前面言過，凡能自嘲者，必有大勇。大勇者，成事之本也！

——一九九八年十二月十三日《中央日報》副刊

頭號殺手

此間聖荷西水星報轉載洛杉磯時報的一篇特別報導稱：Smoking a prime killer in China。用中文說，就是「抽菸是中國大陸的頭號殺手」，該文刊在水星報的首頁。今晨讀報，百感交集，可以說是又氣又怕。

氣甚麼？鴉片戰爭（1840–1842）讓中國吃盡了虧辱——人民健康遭受摧殘，國家經濟陷入困境，政治上導致西方列強的霸權主義橫行中國，導致中日抗戰及共產主義的入主中土。香港割給了英國，百餘年來才在一九九七年重歸中國。而這篇文章開首就說：在中國，每年與吸菸有關的死亡人數高達七十萬。割地賠款不說了，鴉片之害之辱，我們自小學時便已知曉，而怎麼會到了二十世紀行將成為歷史的今天，中國人又要被另外一種自西土引進的菸草而每年被奪去七十萬條人命呢？現在雖不似當年因鴉片而起戰爭而要割地賠款，但我們中國人的白花花銀子還是被洋人劫去了，中國人的生命還是被洋人的菸給閹掉了。

自晚清的「洋務運動」以至於今，都已經一百多年了，自中土留洋的學生也不計其數。他們回國之後，民國以來最令世人皆知的便是以五四運動揭起的科學與民主。可是，科學雖差強人意，在各方都有展現，不過「民主」，經過兩次世界大戰國家都改朝換代了卻仍不興。全不似香菸，只要人手一支，隨時燃吸、吞雲吐霧，中國人自少年期便都無師自通了。除此以外，洋服、化妝品、飲食、娛樂（諸如跳舞、電影）、汽車飛機大砲……也都與時俱增，其改進之速，絕不輸給西方。這些物質層面的東西，硬是較之精神方面的「觀念」盤踞人心容易，怎不讓人思之氣短？

據這篇報上的文章稱，中國大陸預防疾病研究院的一位牛姓教授說：「目前中國大陸男士八人之中一人死於菸害。到了公元二〇五〇年，則會易為三人中一人死於菸害。」所以，五十年後，專家預估，每年在中國大陸死於菸害的人將高達三百萬。也就是說，中國大陸每年死於菸害的人數約佔全世界因菸害而死亡的人口的百分之七十五。

我當年在臺灣的時候，菸酒這兩樣戕害人命的東西都由政府的「菸酒公賣局」專賣。我不知道現在這個衙門是否還存在，僅就「專賣」一詞來說，我初在異邦傳授中華文化的時候，洋學生無不稱奇。他們不懂為甚麼政府可以公然拿國民的生命健康開這麼大的玩笑。不但他們不懂，我自己也不懂。在中國大陸，嗜菸人口極大，大到在公眾場合幾乎不易見到乾乾淨淨的人，可以無驚無恐自由呼吸談論，享受不受干擾的自由。

在美國，最近菸草業與某些州政府達成了一項協議，由菸草業大廠商提賠兩千多億美金，補償對於因吸菸受害及被害人在經濟上所受的損失。我看到這項新聞之後，感慨萬端。我們中國政府，在「保民」工作上，做得太少了。像美國這樣個人主義的國家，政府都在暗中為保民效力，而怎麼一向以公（大我）馭私（小我）的中國大陸，卻如此放縱地給予人民連美國人都嘖嘖稱奇的自由呢？在中國大陸西南的省分雲南，地理貧瘠，全省竟以優良菸草生產享譽全國。該省每年百分之七十五的政府稅收就靠菸草。像這樣政府公然的以公害之物來豐稅收，全不顧人民健康的作為，實在令人難以想像。我在電視上看見甘肅及陝北一帶貧瘠的土地，都經有大氣魄的政府措施，興水利遍墾植，變黃乾土為良田了。事在人為，人定勝天，怎麼可以就這麼揀便宜，不但得過且過，甚且理直氣壯以期全民歡呼呢？

菸害，這已經是當今先進國家亟欲鏟除的大敵，我們不能再無動於衷了。中國大陸的人口問題是大問題，但無論如何政府以吞雲吐霧的方法去減輕壓力是不能自圓其說的。消除菸害，的確不是容易的事。但是，只要政府有志於此，普及教育，要在民生中培育人民對此不能忍受的力量，則終究是可以解決的。至少，對中國來說，把「頭號殺手」拉到第二、第三、第四的名次……是絕對辦得到的。

——一九九八年十二月二十日《中央日報》副刊

聆聽新世界交響曲

一九九九年剛開始那一天，我與妻正駕車在自友人府宅返家的歸途中。朝霧重冷，車輛不多，從反視鏡中窺看，後面汽車的燈柱在霧氛中飄閃，彷彿濃霧中啟碇駛出漁港的漁船，正流盪進入一片汪洋浩漫卻又迷茫的水際去。我突然想起了鐵達尼輪船撞觸冰山的情景來。當然，那僅是一時的幻想錯覺罷了。因為後面汽車的車燈不停跳閃挪移，我也沒有聽到悸人的沉船汽笛哀號。汽車在我的車旁急馳而過，哆嗦聲如翻浪，追逐在高速公路上，大家都衝迎向一九九九年元旦的黎明。

當我確知自己是安全的馳駛在公路上時，我渴望著聆聽德弗札克的〈新世界交響曲〉了，那怕就是樂曲開始時輕微的一聲如歎息的絲竹聲，緊接著沉重的鼓點，像是敲破黑暗的呻吟，抓攀住我的手臂，拉我進入另一個新的天地。但是，我沒有。〈新世界交響曲〉也不聞。像快艇飛超越前的汽車，也都沒有一輛突然按起喇叭，就是洋人於歡慶時分慣有的那種作為。甚麼異常的狀況也沒有，靜靜的、肅穆的、陰寒的，甚至有著某種程度哀戚的感受，我被那樣怪異的氛圍攫住了。我跟大家一樣，把一九九八年給拋擲到後面去了。

然則，卻不似往年，我實在並沒有「拋」的感受。以前我也沒有一次是在行走的程途之中迎向新年的。那種日出於地平面上「旦」的感覺，牢牢盤住了心口，我有著狂烈的「迎」的快欣。

一九九八退進了歷史，永遠，永遠。一九九九如朝煦旭日展現了。

我們於離開朋友的家宅時，並沒有表示要守歲於電視機前，等著看紐約時報廣場上彩繽的汽球墜地而引起人們熱驚衷腸的表白。主人也沒有婉留我們。就在一九九九來到的二十分鐘之前，大家起立告辭，互道珍重，彼此祝福。我們才享食過主人特製的桂花糖漿灑遍的八寶飯，甜軟熱膩的感覺猶徘徊於齒頰間，那似乎就是最好最恰當的告別時刻了。十二個作客他鄉、年屬耄耋的「老」友，也不復記清在幾度一年一度的聚會之後，就像馳駛在冷霧中的汽車一樣，各自分散衝向不知的遠方。

對於我們來說，這一批當年誰也未曾逆料到，居然會在異國西海岸金山灣區相遇、納交，又同樣棲遲不返的朋友，有多少個新年不是在流浪、戰亂、棲遑中度過？誰又會想到一九九九年，世紀末的新年，又在美國若流水般的高速公路上迎來了？

我的這一生的童少時期，每逢新年，學校的級任老師都會要學生撰寫一篇「新年新希望」的。希望，是一種狂野、光燦、熱絡、美好、遐足、又浪漫的瞳矙。這樣的喜悅無禁的感覺應該只屬於青少年的，只有黛綠年華才是燃燒起熊熊豔豔的希望之火的資本。對於老年而言，大概應該說成是期望吧！期是期許、望是巴望，在有限的時日光影中期盼著餘燼的延伸生命之光了。

我的童少期，真的希望過志在四海，遨翔若鶩。當時的「四海」，似也僅限於華華炎夏的祖國山川罷。我曾嚮往著孔老夫子嘆息過道出他是一個「東西南北人」，但是，我絕對沒有想到過有朝一日自己竟遊方域外，行住過世界大洲的五分之三了。今年，我在海上看落日，光華似未散盡，霞彩滿天。猛回頭，我又看到了跳彈在泰山之巔、阿里山之頂的火紅旭日。

老，只是生理現象。在心理上，老人的心應是與赤子相同的。所以，一九九九，的的確確是迎接二〇〇〇新世紀的「旦」。那麼，二十一世紀，對我來說，也就合該是中國人的世紀了。

我現在真的又思聆聽德弗札克的〈新世界交響曲〉了。

——一九九九年一月三十日《中央日報》副刊

小不忍則亂大謀

妻自臺省親返美，帶回花蓮鳳林特產花生二包。拆而食之，香脆口感無比。頃刻間，美國花生的滋味就被逼下去了。美國花生，粒碩脂多，白白胖胖，酥脆有之，咬食則膩嘴不堪，風味不夠厚重。打個粗俗的譬例，就似美國大妞一樣，白皙高豐，洋洋健麗。但是，左右觀看，硬是缺少一點嫵媚馨柔的氣質。這雖係一般而論，卻頗符合「中看不中吃」一語。東西之異，有時端在那麼一些微妙感覺。就拿花生來說，鳳林所產纖小精瘦，望似巧弱，然則入口生津，欲罷不能，全非美國花生，在食用一小撮後便意興闌珊了。

美國的一般民俗哲學概念，是「大比小好，新比舊好，快比慢好」。這大約就是兩百餘年前建國於美洲新大陸，物豐地美，加上科技的催推，集天時、地利、人和於一，而產生的大國強權觀。可是，大不一定比小好，這是事實。美國的大芹菜就是沒有中國的小芹菜香美，用美國大芹菜切了與肉絲合炒，口味就是不對，味同嚼蠟。

大，容易予人一種優越不凡的感受；而小，也常給人自慚的難免。六十年代中期我初至美國的時候，當美國朋友知道我來自東方的福爾摩沙小小一島時，嘴角眼眉之間立即呈現出趾高氣揚的氣度來。有一位還當面向我詢問當時在臺「美軍顧問團」團長的尊姓大名，因為他忘了是誰。這種情況，到了七十年代，美國在越戰中節節失利，終而棄守。當我在電視上看到世界超強肥胖嘟嘟的阿兵哥們，自小小越南半島灰頭土臉登船撤退，頹敗喪志的木然表情時，我相信美國人心中一定泛起了「大不敵小」的情愫來。我有時跟美國朋友看電影電視，戰爭片中美軍制勝都是靠了強大火力及牛乳啤酒香菸，於是我常打趣他們說：「如果這些東西配備都沒有，美軍是否贏得了戰爭呢？」聰明一點的美國朋友會嚼著口香糖回答道：「問得好！我得好好想一想。」

「大」固然有時在「小」前見絀，但「小」也不必定然要羨「大」，更無需自慚形穢。所謂「小」「大」，質言之，乃有「先天」及「後天」之別。凡屬先天即「小」者，何需怨天尤人？怨尤是於事無補的。彷彿家中的老么，上有兄嫂姐姐，你不服小又當如何？如果老么有這份自知，不必想盡方法充老大，只要本本分分，量力發展自己，期在事功上出人頭地，後來居上，那才是重點的風光。所謂「打腫臉充胖子」或「一口吃個胖子」皆係不實想法，徒勞無功，貽人笑柄，此為智者所不取。

美國就是先天大國，物產豐饒，民生富裕。你又能奈其何？英、日、德、法，都是先天小國（新加坡就小之又小了），但英日德法都是世界強國，絲毫無需小覷了自己（實際上，上述國家都是極自負的）。在我國歷史上，男人古有納妾娶小之說，三妻六妾又算得了甚麼？凡是「做小」的女人，聰明識相的都不跟大房、二房爭風吃醋，而是巧用心思在其他方面「以小成大」，佔取得寵優勢。

澳大利亞是一個地緣大國，但無論如何稱不上也夠不上是一個「強國」。六十年代我曾在該國歇息了一年。當我決計離澳赴美的時候，我的澳洲朋友不解的問我：「我們澳大利亞，在物質層面，凡美國有的東西我們也都有了，你何以意志堅定的要捨我們而去呢？」我笑笑說：「澳大利亞確是一個大國，也有大塊牛排、大杯牛乳，人民居住條件較之美國也毫無遜色。但是，這裡的生活，對我來說，就是欠缺了一點味道。味道者，人文之氣也。」人文之氣的興衰，關係著整個國家的強弱。你看，前面所提及的英、日、德、法蕞爾小國，個個精神抖擻，憑的甚麼？憑的就是那點人文之氣。

我幼時住在貴州，就讀的黔江中學附屬小學的校歌前四句即是：「小小樹苗，秀拔黔中；十年之後，萬山豐隆」。俗云「十年樹木，百年樹人」，小樹苗都會在十年之後變成覆蔭大樹，何況人乎？假以時日，只要不捨，有志在身，焉有不成？「大器晚成」正是此意。做生意的先是小本經營，然後積腋成裘，方能成巨賈。飛黃騰達絕不是「揠苗助長」，更非一蹴可幾。小學之後是中學，中學之後才是大學，勢需循序漸進，只要有志於學，必有可觀。

在臺灣，有一首老幼皆知的歌曲，歌詞曰：「哥哥爸爸真偉大，名譽照我家。為國去打仗，當兵笑哈哈。走吧走吧！哥哥爸爸！家事不用你牽掛。只要我長大，只要我長大。」這就是有志的「小」期盼自己的「大」最好最好的證明！

——一九九九年二月七日《中央日報》副刊

大我與小我

我的一個學生方自中國留學歸來，我問他這一年的時間中令其印象最深的是甚麼。他思忖了一下說：「中國人和我們西方人的名姓所代表的大我及小我的觀念，給予我最強最深的印象。」我再問他這何所指？他回答：

「中國人的名字，一定是把姓放在名之前，一看便知。這就代表大我的意識，小我（即個人）是附從的。可是在西方，恰好相反，我們強調主張個人，所以小我在先，大我（姓）在後。對不對？」

我的學生的說法，在文化的理念上，是成立的。於是我聯想到，中、西習見在投寄信函時的書寫規格上也完全相反。按照我們的格式，是國、省（市）、縣、城邑、街道、收件人姓名的次序，而英文規格則反其道而行。在古代，君國之上還要加天與地，個人被壓在層層重重山下，極是可憐。墨子講「兼愛」之說，遭到儒家的孟子斥之為「無父」。儒家最終獨領風騷於思想領域，中國的大一統論於焉形成了。

大一統的申說，在原則上是好的。但，在這樣的「大我」氛圍中，「小我」的處境甚是狼狽，很難得到應有的滋潤成長。於是，小我力求自保，「自掃門前雪」的現象便出現了。自掃門前雪的展露便是絕對的自私自利，學術也好，營生也罷，逐漸地興起了「家傳」一說，深恐外人不勞而獲「獨家絕學」，於是「私」似蛛網，彌天蓋地接織撒下了。

在中國，這種現象的普羅，似乎可以說成乃是縱容小我的惡果。小我的羽翼豐了，於是變成了大我的敵人。「大我觀」遂演成高不可攀、煙雲縹緲的天外寒星。大我觀的儒家立說便激勵且誘導我們去經營口頭功夫，成了天地間的一門絕學。於是，同鄉會接二連三成立了，小黨小派串連起來了，省籍畛域的觀念深陷了，小圈子的利益擴大了……於是「大我」被孤立被包圍住了，寂滅了。

而在西方，不談大我，但重小我的「個人主義」思想，就在中國大我染指天下的時際逍遙地出現了。不惡無驚，一個個「小我」得到了尊重與舒解，健穩茁壯成長。小我的蓬勃發展，帶來了大我的充實風光。得到利潤的是「大我」，我們可以如是說，歐洲之霸權橫掃亞、美、非大陸，都是「小我」的一意孤行，上面並未刻意灌輸下面的大我意識，而是小我主動去銜接了大我，去擁抱大我，伸起如鋼鏈一般的雙臂，小我聯成了保衛大我的堅強一環。

我無意推展建立中國的新霸權，我只想喚起一點我們對小我大我思想的愼思。一個民族，一個國家，必然俟每一扣環的小我充實完健了，則大我之天成，指日可待。而不必口口聲聲誦念激揚大我，這就是務實之說。

——一九九九年二月二十一日《中央日報》副刊

春消息

從我學校研究室書桌左側望向窗外，是教堂厚實樸雅的石壁。石壁前有兩株桃樹，開年以後，雨水豐沛，昨日來校後猛一側身，呀！桃花開了！粉粉紅紅一片豔色，挺綻在煦陽微風中。

我愛盛開的花。自幼以來，盛開的花對我來說都代表著一種浪漫的希望。我的幼少年都處身戰亂，故盛開的花朵，不管是甚麼花，都對我有份難禁的喜悅，而在戰亂中被摧殘了的自由聯想，也便因花的盛開而漫放了。尤其是經春風拂吹綻放的桃花，我一點都不顧忌俗說的輕薄解瓣，落英滿地。那般粉豔的花色，深深打動我心。在戰火突燎的歲月裡，後方一隅竟有桃花在春日怒放，那該當是何其豔好又復充盈福澤的美事！片片桃花，也都承托了天真爛漫的無窮希望，飄舞在春風裡。

小時候，唱過一首〈春花好比少年時〉的兒歌。歌曲的首句「春花好比少年時」，曾經盪漾在我心中良久良久。我的少年期可以說是相當殘敗苦難的，我最早習唱的歌曲就是槍砲和子彈、大刀。因此，所有浪漫的東西都最易抓牢我，這也是為甚麼我選擇了文學為我安身立命的生活支柱的原因。

在古典文學中，我非常中意〈桃花源記〉這篇文章。簡簡單單，篇幅極短，卻有深意存焉。也許正因為這篇文章的背景也是「亂世」的緣故吧，它一開始就讓我著迷。其實，文學的作用，不但是在於撫平從事文學職志的人的心意，也更在於給大眾繪出一個朦朧有致的美麗畫圖；其中，花色的渲染更主動地牽引讀者的心靈了。我最喜歡的是〈桃花源記〉文中捕魚人再次緣溪探源時卻尋不見路跡的描寫，這也正是文學的可貴可愛之處。

時下的文學作品，依我來看，似乎太過自我主導及寫實細節，總欠缺一些細膩耐看的描述，文字也粗糙得很。春天的太陽絕對不能似烈日一樣。在烈日下，春花就全摧折了。春消息也正是不醒目地在緩緩透露著，當人們驀然感受到時，那種豐盛快意已經填胸造臆了。

那麼，就讓我們在春風中展讀春消息的信箋罷。於是嘛，我伏案，就這樣寫下了：

又逢天涯春草綠
一似夢裡桃花開

——一九九九年四月二日《中央日報》副刊

「哲」它一下

中國人喜歡向後看，也善於向後看。至少對我而言，活過六十個年頭了，想著從幼小時便被訓練成這種向後旋轉的習慣，儘管自己雖不甚喜、雖不甚同意此道，但在大前題大環境下，風氣仍是如此。好像房頂上的指南儀，只要風一吹，就立時向後旋轉了。

課人律己的一套引經據典說辭，便是向後看的最佳證明。孔融讓梨也罷，袁安臥雪也罷，不管甚麼，說者必然要在歷史上發掘出例證來服人。彷彿歷史人物事件便深含哲理，萬世不朽，發人省思。以古況今固然很好，但太過如此，便輕忽了現在。「現在」一旦被弱化了，很容易演變成一種徒說的毛病，於是便「空」了；於是，往往就脫離現實了。

我們稱言的「哲理」，如果捨棄傳統的解釋方法，似乎並不一定限於道貌岸然的大儒先哲，只要合乎邏輯觀點，任何人都可為之，說出道及一句兩句涵泳哲意的話來。我認為，所謂「哲」，用現代的口白解說，乃是一種為人所知，但不為人所重的人的情感與現象事實交糅的命題，經由某人道出點示，即刻得到大家的認同的啟示。所謂「得到大家的認同」，乃謂擲地有聲，千古不易。這「哲」，便是一種誘導眾人向後看的磁鐵。其實，「哲」並不限於歷史的過去，「哲人其萎」這句成語，就足足實實道出了這種極不健全的心態。既是哲人，何以必然「其萎」？難道現代人便產生不了哲人嗎？即使在追悼一個今人的逝去時，而道出此句來，那也是向後看，把「今」投向「古」去。

中國人喜愛「古」的表現，在各方面都存在充斥。就拿民生四事中的「食」來說，喝酒一定要老酒，飲宴一定要有古風，講究傳統（技法）派別。總之，得要說出一套名堂背景來。獨倡新說是不能得到大家即刻欣賞與接受的。

當我離開了中國這個尊古的環境，長住在一個啟新的欣欣社會之後，我對「古」有了某種程度看法上的修正。古，表示歷史文化，當然很好。但我們不能把「古」涵蓋一切，認為古了方好。我當年在臺灣讀大學的時候，師大國文系的老夫子教授還要求學生為文定然古體，實在是愚不可及。這樣的傳授，難道就「哲」了嗎？這種呆滯、規於一統的方式太死板了，太僵硬了，太不合乎現代要求，也太討厭了。

我已經在前面道及，有哲思哲意的話，並不一定限於歷史上某些定人範例，更與年歲無關。我們拿「兒語」來說，千萬不要小覷了乳臭未乾的黃口小兒，他（她）們發出的初聲「大大」，我就覺得非常非常具有哲理。稚齡小兒看見父親、大狗、汽車、飛機、大樹、大河、饅頭……凡是在他們眼中的這些有親切感（或屢見不鮮）、驚其體形性格的形象、或不可思議之物（不言可喻，而又賦予他們想像的空靈感受，不待言說的人與物），對他們都有震撼性，都雋永，於是一概以「大大」呼之。兒語直率真切，深入淺出，不拘泥咬文嚼字，但往往反見博大精深。一聲「大」，道盡初人的無盡感念。我們於成長之後稱說「大河」「大樹」「大山」「大人」「大王」「大爺」「大海」「大陸」「大方」「大家」……等等等等，那個「大」的形容詞，包含了驚訝、景仰、讚歎，表示無可言說的感覺，不是這樣嗎？這一「大」字，包攝了無窮哲理，兒語我們不明其聲，但依據我的理論演敷，其義已明。

是此，俗語常說的如「驕兵必敗」、「開門見山」、「水到渠成」、「熟能生巧」、「胖子不是一口吃的」……等等，都富有機巧哲意，都非常好，也都與歷史何干？也都與碩儒夫子何干？今人創出新的哲句哲說，那才亟富現代感，現代化的步調必然會因此加速見效。

「哲」它一下！對，讓我們都來「哲」它一下！

——一九九九年五月十六日《中央日報》副刊

從牛仔褲說起

某次，在大學校園內，一早遇見校長大人。他大概是在做晨間鍛練，穿了一條牛仔褲，騎車自我身側含笑而去。我們彼此打了招呼，因為我知道他是本校第一號人物。但他卻不一定知道我是誰。含笑招呼，這是美國人在外邊（尤其是在散步時狹路相逢）遇見時普遍採行的增進人際關係的方式。不像中國人那麼一本正經，目不斜視。所以，巧遇校長大人不算甚麼新奇，他對我含笑招呼也不新奇，而我略感新奇的是，他穿了一條牛仔褲。還有一次，我在電視上看見美國總統也著了一條牛仔褲揮桿打高爾夫球。總統的地位自然比校長更加尊貴重要，於是，我的新鮮感又提升了一層。

棲滯海天三十餘年，像總統及校長穿著牛仔褲的情形應該屢見不鮮了。但是，我竟然多少還有一些的新奇之感，可見文化對於一個人的感染力之強之大。這就令我深深感到，在現今科技昌盛、人類接觸頻繁、交通異常便利的時代，我們似乎已不應再膠著於文化的某種盲點了。比方說，在歐洲巴爾幹半島上南斯拉夫的種族文化衝突，信仰回教的科索沃人被屠殺，早已變成了世界性的問題。中東的猶太人與阿拉伯人之間的衝突，也正象徵著任何兩種不同文化、種族之間的磨擦，旁人要「插手」管了。

政府官員乃是人民的公僕，這是我在早年中國讀書時公民課就揭櫫給了我的。從這個角度來看，美國總統和校長大人穿著牛仔褲以示其為「人民」之本旨，有何不妥？但是，在臺灣，政府首長揮桿打球的相當普遍，與民同時跑步以為強身鍛練者也多有，含笑與民同樂互相談話也常見。但，中國首長做那些事時，就不見他們穿著牛仔褲。

總統、校長，當他們不必須以特定的「身分」表露自己時，他們就打扮得跟十足的人民一式一樣。但這是在美國，在中國則不然。牛仔褲是在美利堅合眾國發明提倡、廣為人民愛戴的一種工業成品。它就跟爵士音樂、漢堡薯條、可口可樂一樣，放之四海而廣被接受了。但是，這些東西所代表的一種美國文化精神——平易共有的「普羅」(不分貴賤，大家共有，完全一樣)，卻並沒有在世界上其他的國家那麼漪盛。這種美式的「普羅」性，在政治上大家不分品級、膚色、資質、職業、教育，都有「人」的起碼的共同享有。這樣的齊頭思想觀念，非常自然可愛，於是人民可以把柯林頓總統當作「人民」中的張、王、李、趙，逕以Bill呼之，而在中國，人民是這麼日常以老張、老王稱謂行政長官的嗎？

說起來，在中國歷史文化上，「孟母三遷」的故事一直被公認為儒家重倫重仁重愛的典型榜樣。這樣的把自己推上另一較高層次的作為，也可能正是中國人「私」的一種潛移默化不易為人深悉的思想因素。突出自己，拿中國人與美國人來比較，的確中國人的成分較濃。突出自己，就是說把自己送到一個少有的、一般人民不易擁有的層級去，而原先與大家同屬一個層級的共同標誌就不幸被甩掉了。中國人覺得這沒有甚麼不好，也沒有甚麼不對，因為這正代表進步。

我們在電視上，也看見退休了的前任總統卡特先生，穿了牛仔褲，與人民一起操作動手建屋的畫面。為甚麼如此？我覺得，因為卡特先生知道，美國人民也了解，卡特先生根本就沒離開過「人民」，卡特先生在總統退職後與民共同參加勞動建設，這是天經地義再自然不過的事，此時的卡特先生，與全美第一人物——總統的名分早就沒有關係了。卡特先生當年就任總統，只是暫時離開人民的居住環境到華盛頓去做「公僕」該做的事。公僕工作任滿，他回到人民中，穿上牛仔褲，這是何其自然的事！但是，中國人不一樣，一旦脫離了原本的「人民」，就回不去了。在歷史上還有「解甲歸田」的事，但現在沒有了。退職了的政府首長絕不可能居住在「人民」群中睦鄰的。

就在美國的中國人也仍是這樣，一旦發跡了，都大力彰顯個人的現有社會層級及身分，於是居巨宅、開豪華汽車、戴名貴手錶、穿量身質精的衣服……有些人，不但自己在膨脹之後不能回溯既往，還要讓其子女也做「人上人」，讓他們在苦短的數十寒暑人生中，期勉向上。

——一九九九年五月三十日《中央日報》副刊

煙波浩渺

前些時看電視，新聞報導稱說有一艘油輪在美國西海岸某處海域遇風擱淺，而其裝運的石油外溢海面。

石油外溢污染海岸土地的災害，已是常見不鮮了。海水中的生物遭到浩劫，經由保護環境的人士善心救助的畫面及文字新聞，也都耳熟能詳了。記得第一次在電視上看見沙鷗、海狗渾身黏染了油污，經人工清洗小心處理的鏡頭時，一下子勾起了半世紀前我所親眼見到的戰爭傷患棄屍荒野，任由野狗啃噬的情景，十分淒惶。人不如禽獸，在殘敗而政治又鑾亂的地方確乎如此。電視上也常見寵物比賽的畫面：燕瘦環肥的寵犬，穿衣戴（墨）鏡，配金銜玉，體毛修剪整理得型式獨出，繞場漫步，比起非、美、亞地區落後貧瘠的人，不知優越多少。

我在看了電視新聞之後的感想縱然錯綜複雜，久久不能即去，但那艘巨輪停泊洋岸的畫面，卻讓我的思緒逸飛起來。水面平靜，汪洋迷茫，有幾隻沙鷗繞船翔飛。天空是灰悒透藍的，與波濤大致一色。海上泛浮著一層霧氛。望過去，煙波浩渺蒼茫。船前是斜橫的一片沙灘，簡直是一幅動人神思的大油畫。

煙波浩渺，這就是我從幼小以來，所見水與船不計其數後，多麼迫切想見的中國遠大圖景啊！

幼時所居之地，沒有大河湖泊，故對於「煙波浩渺」並無實際觀感。這樣的感覺只是在父親任職的故宮博物院藏品名畫中得到的。畫紙上的水與船，煙波浩渺的其實不多，多的是扁舟一葉，盪搖江湖，或停棹蘆岩楓下，或漁父撒網捕撈，或舟中岸旁一人袖手對水野眺，總而言之，全屬農業社會的清靜無為，充滿了自逸遺世的哲學人生觀。初次看了〈清明上河圖〉後，二十世紀的我竟被長卷中虛構的大船湊泊、市易喧騰幾世紀前的圖景人物影響得呼吸促急，心臆翻騰起來。可憐自己連那樣圖紙上描畫的木船聚泊市易的場面都未經驗過。而當今之世，強盛大國無不在陸、海、空方面擁有撼世雄風與驕人氣勢。但中國呢？我於斯時僅僅能把遊戲中「軍棋」裡的陸、海、空，擅自部署在心目中的中國四方疆域罷了。

似乎可以這樣言說，我的個性，一方面是中國傳統式的文風浪漫，而另一方面則又屬有現代的強烈時代感懷。這大抵與我生活過來的歲時環境有著不可割分的關係。說到文風浪漫，當我進入中學，初讀了蘇東坡的〈赤壁賦〉後，竟被蘇子與客泛舟長江赤壁之下的字句感動得躊躇志滿：「月出於東山之上，徘徊於斗牛之間。白露橫江，水光接天。縱一葦之所如，凌萬頃之茫然。浩浩乎如憑虛御風而不知其所止，飄飄乎如遺世獨立羽化而登仙。」那樣逍遙的光景始終令我存有遨翔於水天之間的快欣。然則，每當我這種浪漫快欣的觸角接碰到現實時，我個人的「縱一葦之所如，凌萬頃之茫然」躍動的情感便忽然變化加大，我彷彿身在強大的海軍艦隊的旗艦上，破浪前行於煙波浩渺的大海之上。

不管怎麼說，我所期盼的是中國真正的富足強大，可以給每一個中國人，無論身在何方，都有在煙波浩渺的海上破浪乘風的高昂胸襟的機會。那時候，對我來說，也一定還有脫下戎裝，有充充裕裕瀟瀟灑灑地駕一葉之扁舟，「縱一葦之所如，凌萬頃之茫然」的時機的。

——一九九九年六月二十七日《中央日報》副刊

拂曉攻擊

那天左臂痠痛，睡得不好。清晨四時乃披衣而起，先趁便去廚房煮水沏茶，以期隨手在書房抽讀排時遣興。就在將近廚房時，於壁間見有黑沉沉一橫條在焉。惺忪定望，發覺橫條彷彿慈航葦渡，徐徐乘風向前。果如此，怕慈航早來酒蟹之居光景時辰久矣，而未能虔心誠意親身恭迎，大不敬也。於是緣隨大師一葉之舟，緩緩伴行。行至大門口邊，但見葉舟駛入若磐石洞壑般之黑色塑膠垃圾袋中。皤然而驚。睡眼明開，原來這是成千屢萬的螞蟻大軍，趁夜潛入酒蟹居劫糧盜物來了。

莊某平生不幹背地齷齪勾當，亦不蓄意樹敵，奈何竟以此「挖牆腳」作風待我耶？只嗔怪妻日昨傾倒垃圾之夕，未能即時把垃圾袋送到車庫旁之垃圾筒中，儼然採取心理戰術，誘敵入彀，以為一舉殲滅乎？兵不厭詐，此之謂歟？於是我又大惑不解了：何以伊未曾責令我將垃圾袋移入筒中呢？每周市府派有垃圾車定日定時前來收取，區區細事，怎會如此走心失職，罔顧令行，而竟陷總司令大人於不仁不義？莫非該當這就是總座悉心設計，以測探我的軍事智慧了吧？

萬般感念霎時交集於心，遂本能地以快步趕至廚房，取紙巾數張，蘸以清水，急返壁間展開如來巨掌，若唐代名僧懷素濡筆探墨，以〈大毘婆沙論〉筆法狂草馳書，期能抹去壁間黑條，明立〈千字文〉傳世。無奈事與願違，也可能是因我佛心未淨，若干螞蟻居然持戈疾行脫隊，以游擊戰術遍佈四方，令我顧此失彼。於是手舞足蹈，四肢齊揮，蓬蓬擂牆，以作殲滅之戰。殊知蟻輩以小誑大，毫不避畏，迂迴疾走，聲東擊西。數分鐘工夫，我已呈彈盡援絕，苦無戰志了。正值此際，忽覺兩臂雙腿之間數處螫癢難當。細看之下，原來蟻輩數隻正在我肉身上作營養大餐。急急跳撲應之，雖云一二子被捏斃，然已感難困矣。

值此尷尬之際，幸妻披晨衣躡手躡足出現。伊不發一言，逕去廚房打開小儲藏室，取來專殺螞蟻及家居昆蟲之噴射殺蟲劑一罐，遞與我曰：「拿去！笨蛋！」總司令大人親身督戰，莊某緊緊跟隨數十寒暑，大事戮力誓死效忠配合，已知之深矣。而此等芝麻細事，伊竟然降尊示範，吾不知也。心懷感激，慚悔交迭。於是雙手接過，按指噴殺。頃刻之間，白壁之上，陳屍累累，一如印象派大師莫內的油畫，點點明暗，予人無限遐想。幼時讀國文課本內有薛福成先生之〈巴黎油畫院記〉一文，記繪畫上普法戰爭之淒烈慘痛所見，文中有「偃仰殭臥」

一語，描述陳屍之狀。我今已入花甲，幼逢中日戰亂，雖未曾身經「偃仰殭臥」之大場景，然痛恨戰爭之情未嘗相忘。而今竟化為魔屠，痛殲蟻族何止千萬！人之矯情自辯，莫此為甚！

妻遞過新沏熱茶一盅，我不敢正視。側目窗外，見晨光已顯，有啁啾鳥聲於後院。拂曉寂寂，有此大舉攻擊之事，爰筆誌之以為日勖，名為〈拂曉攻擊〉，實乃一九九七年九月二日之事也。

——一九九七年十一月十九日《聯合報》副刊

自由浪漫的聯想

自幼以來，我所乘坐過的「車」種類繁夥，計有汽車、機車、馬車、黃包車（人力車）、三輪車、腳踏車、纜車和火車。在這些車中，最讓我覺得有一種歉疚的心情而感不安的，大約要屬人力車了。當年的人力車伕，都是中年漢子，上身穿著中式短褂，扣子全部解開，衣衫飄盪胸前，許因跑路體熱發汗的緣故罷。車伕們大多是紫塘臉，鬍髭插在烏硬的唇沿，有時眼角還掛著眼屎，明顯是欠缺睡眠使然。他們在脖項上通常掛搭著一條毛巾，顏色泛黃發黑且臭，濕漉漉的，已不知擦抹過多少汗水了。車伕們下身的褲子，通常是或黑或藍中式粗布褲子一條，褲腿一直捲過膝上，露出一對細瘦孱弱枯黃的腿。他們最多穿蹬一雙草鞋，但赤足的時候更多。回憶當年人在車上望著他們拉奔向前的背影，搖搖晃晃地，光腳踏在凹凸不平的路面（那時沒有柏油路，磚鋪路面已屬不易）上，他們的腳底大約就似一雙結結實實的鞋底，恐怕是燙炙、冷凍、硬磨、割刺都不能侵，已經沒有感受了。雨雪的日子，他們低垂著頭拉車前行，上坡時氣喘吁吁，下坡時踩著快步，使出渾身力氣，把車把翻翹得老高，緊緊握抓住，人往後仰，以為減低車速及保持平衡。到了終點，當客人付給車資時，車伕通常是一手接過，另一手則自脖項下拉拽毛巾擦拭滿頭汗水。他們口中含混不清地道謝並欠身點頭。有時覺察客人所付車資略有不足，總是細聲嘀咕著，最後似乎是和著流淌到嘴角的口水一齊吞下肚去了。現時客人向提供服務的對方稱謝的作為那時沒有，不僅如此，客人還往往不耐地啐痰在地斥喝道：「少囉嗦！」

這種幼小時便感同身受的剝削式的人力車，雖說在抗戰勝利回返南京時仍可以乘坐到，但我已經主動地拒坐了。那時的大眾交通工具，除了公共汽車外，還有馬車。馬蹄踏在硬的地面的聲音，總給我一種既興奮快欣亦浪漫的聯想。我喜歡坐馬車，去中山陵、莫愁湖、玄武湖、棲霞山，覺得比乘壅塞且空氣污滯的公車強多了。乘坐馬車的目曠神怡，最讓人輕快舒暢。一踏上車，彷彿行旅的快欣已達到一半的滿足了。一九八一年我訪南京於三十年後，馬車卻不見蹤影，滿街滿巷的自行車，顯得單調擠亂。詩情隱入了歷史，只空留下無限悵懷了。

隨著民生的進步，我對馬車的失落於歷史的事實固然感到遺憾，但在科學的介引促催下且猶能使人不減浪漫流暢的情愫的交通工具，我覺得又非火車莫屬。一系列的長蛇陣式，翻山越嶺，馳騁於平原綠野，過橋隨滾滾流水，呼嘯迎風，加之座椅舒敞，飲食睡眠都是享受。有人說坐飛機方才快意，不但時間節省，而且有精美飲食及消閒節目。這些固然很好，但觀看風景卻顯得單調。尤其人在空中，總難免有凌虛的不現實之感，終究不若火車的發人深情。

對於乘坐火車的感受，豐子愷先生在他的〈車廂社會〉一文中，曾有極為深刻的描述。豐先生的經驗分為三個時期：初乘火車期（新奇有趣），老乘火車時期（一切看厭，乘坐火車變成一樁討厭的事）及慣乘火車時期（心境一變，以前看厭了的轉成有了意義）。豐先生第一次乘坐火車是在他十六七歲時。這跟我一樣，我第一次乘坐火車是在民國三十八年初至臺灣，十六歲。地點是臺北，終點是楊梅。那時，父親服務的單位故宮博物院的藏品運往楊梅，暫存通運公司的倉庫中，倉庫就在火車站近處，離我們住宿的旅社也相去不遠。客中乏事，百無聊賴，便在倉庫與車站間行走。常常跑到月臺上去看望南北奔馳的火車及旅客。在此之前，我僅在南京「看」過火車，而且是在長江邊上的下關遙望隔江浦口車站，車行人動都在恍惚中，很不清明，當然更談不上乘坐了。但是，火車奔馳原野的浪漫聯想卻早在胸中滾騰起來了。那時真豔羨著乘坐火車的人，幻想自己也人在車中，隨著火車吐烟長鳴迎風而去。未期少年的幻想，竟在次年桴海去臺後實現了。火車是實際上乘坐了，可惜路程太近，完全沒有乘風追月長途旅行的快欣。

後來遷到臺中，博物院在臺中市南區糖廠近旁的振興路興建了宿舍，宿舍外邊就是糖廠小火車的車站。每天早上自南投駛來的火車上擠滿了通學的學生及販買菜蔬及其他農作物的漢子與村婦。車站就叫「花園」，雖無花及賞花人，然喧囂熱鬧絕對像公園。再後來我們家遷到臺中縣霧峰，也就每天成了乘坐臺糖小火車的通學生了。但是，我那時從來沒有自己從「看人」到「被看」的轉變心境。當我有了這樣的意識時，已經是四年後北上臺北讀大學時的青年了。

斯時的乘坐火車經驗，似乎把豐子愷先生三個不同時期的感受一下子貫通了起來。我記得寒暑假乘坐慢車往返於臺中臺北間，到了飢腸轆轆時，說甚麼都不願意任性在火車站臺上買吃食，一定等候到新竹站，在叫賣便當小販清揚的叫賣聲中買一個便當，然後趁熱食盡。當時新竹的便當是南北通衢沿線最好的，以質佳見稱。所謂「質佳」，是用作便當主食的蓬萊米的軟硬度過人，白米飯上鋪陳五花豬肉一大厚片、滷蛋半枚、日式漬醃的黃蘿蔔一塊。現在臺灣的便當早經改良，也都不用薄竹片製做的便當盒了，且菜式內容五花八門。我滯棲海外已長達三十四年，其間也返臺次數不計，但只乘坐過一次火車，而且是自臺中到高雄的快車，臺中臺北間慢車行走的浪漫感只停留在記憶深處了。

在美國，我僅數度乘坐過舊金山附近的火車。火車都是兩層車廂，且不甚長，僅只四、五節車廂而已。最大的感受是車廂中乘客極少，有一次我注意到僅我乘坐的那節車廂算上我只有四人（我相信上層是空的），所以豐子愷先生的那種「車廂社會」感蕩然不存。時下大家外出，不論遠近，多數是自駛汽車，滿街都是只有駕車人一人的汽車隊。文明進步，人際關係變得越來越私化，尤其在美國這個特別強調個人的國度，有時不免頓生寒涼之感。我常覺得這個社會實際上彷彿是為「物」而存在的，「物」的作用，在現代生活中，有時真的是超出了「人」的價值。二十餘年前，《時代》雜誌上就有一篇文章，令我印象深刻，至今不忘。文章大意是說一位大學剛畢業踏入社會工作的青年的感受：他到核發月薪的地點去領取一月酬勞。發薪水的小姐頭也不抬，哼唧著問他：「你的工作號碼是多少號？」此人一愣，回答道：「我是人，名叫×××。」發薪小姐仍未抬頭，不屑地說：「我不管你是張三或是李四。我要的是你的工作號碼。」不難想像，那位初入社會的知識青年一怒之下，拂袖而去，連月薪也不要了。他在投寄給《時代》雜誌的文中說，他的那篇句句屬實的文章是在太平洋中某人跡鮮少的小島上寫的。

我對火車的浪漫聯想，止於讀了余秋雨先生〈千年庭院〉那篇散文之後。余先生的那篇文章，在文章起首處描寫他當年在「文化大革命」中乘坐免費火車四處「串連」的記憶，看來一點浪漫之感也沒有了。我們現在來看看那時的他是如何到各地去「煽風點火」表示青年的「瀟灑」：

學生們像螞蟻一樣攀上了一切還能開動的列車，連貨車上都爬得密密麻麻，全國的鐵路運輸立即癱瘓。列車還能開動，但開了一會兒就會長時間的停下，往往一停七八個小時。車內的景象更是驚人，我不相信自從火車發明以來會有哪個地方曾經如此密集地裝載過活生生的人。沒有人坐著，也沒有人站著，好像是站，但至多只有一隻腳能夠著地，大夥壅塞成密不透風的一團，行李架上，座位底下，則橫塞著幾個被特殊照顧的病人。當然不再有過道，廁所，原先的廁所裡也擠滿了人。誰要大小便只能眼巴巴地等待半路停車，一停車就在大家的幫助下跳車窗而下。……如果不巧突然開車了，就請擠在窗口的人把小行李包扔下來。車下的學生邊追邊呼叫，隆隆的車輪終於把他們拋下了。歷史上一切否定文化的舉動，總是要靠文化人自己來打頭陣，但是按照毫無疑問的邏輯，很快就要否定到打頭陣的人自身。列車上的學生們橫七豎八地睡著了，睡夢中還殘留著轟逐一切的激動，他們不知道，古往今來任何一個社會，都不可能長時間的容納一群不作建樹的否定者，一群不再讀書的讀書人……也許我算是醒得較早的一個，醒在列車的一次猛烈的晃盪中，醒在鼾聲和臭汗的包圍裡。一種莫名的恐懼擊中了我，我從那裡來？我到那裡去？我是誰？心底一陣寒噤。

余先生記述的，是他至少二十年後的往事回憶。他當初乘坐火車大串連時是否有他二十年後在文中描寫的感受，我不知道。他的這種可怖的乘坐火車的經驗我沒有，他那時的天真浪漫（或盲從的）我也沒有。他所描述的經驗與我個人甚至似豐子愷先生在〈車廂社會〉中浪漫的聯想相差得太遠太遠了。我，這個在共產黨人心目中可能是不可救藥的營私的人必須說，也許只有自私的人，才能擁有一份純真的浪漫聯想，可惜這正是在共產主義的「普羅」聲中不幸被抹去了的。

——一九九九年五月三十日《世界日報》副刊

書包

前些天整理書架，無意中翻弄到架上岳父大人的《何凡文集》。隨手翻看，翻到了一九五八年十一月十六日他寫的〈小學生與大書包〉一文。在這篇文章中，他所寫的是抽象的概念，意在幼小學生所學習的課業問題。約而言之，岳父大人認為小學生所學的內容才是當前國民教育值得重視的問題，而不在於討論小學生身上所背負的書包的大小、顏色、及式樣。近四十年了，令人感慨。

說起書包，我幼小時因值抗戰，後方民生艱困，上學實際上並無今日的「書包」一物。所用乃一塊比較粗硬的布（俗稱「包袱皮」），把書包在布內，免得遺失或弄破。該時鉛筆一物，已經被公認是侈奢的寵兒，很難見到。誰要是從身上的口袋內掏出一支鉛筆來，那簡直太令人豔羨了。今日之鋼筆根本沒有，即使有，也僅是蘸水鋼筆，自來水筆實屬罕見稀客。父親當時身上總別插著他青年期赴國外購買得的一支「派克」牌自來水筆，每當他取出使用時，四周觀看的人的眼神嘴角都顯出難言的欣佩。實際上，學生日常所用的是毛筆。毛筆有銅筆帽，故攜帶也比較安全方便。除了帶墨及硯以外，多半的學生用銅製墨盒，內中放置絲棉一塊，先把磨好的黑墨汁倒在絲棉上，俟絲棉吸取足夠用的墨汁，就成為學生每日攜帶上學的學業用具了。墨盒當然比土製的硯臺方便，也靚麗得多，打開即可使用不說，還便於攜帶，不會像帶硯臺往往弄得狼狽不堪。那時的小學生，課本很薄，也沒有所謂的課外參考書籍，除了習字簿與作文簿外，就只有課本了。這情況不似時下臺灣小學生大書包內的豐富多采。

抗戰後期入川，才有了書包。那時的書包，是手提式的。包是布料製，頂上有兩隻耳朵提帶，就跟時下仕女所用的紙製「瞎拼(Shopping)袋(bag)」一樣。書包是有了，但鋼筆、鉛筆仍闕如，還是毛筆當家。自然，參考書及其他時下小學生書包中的寵物是不存在的。那時也沒有「便當」(可能今天臺灣的小學生也很少攜帶「便當」了)，午飯是放在食盒內的。搪瓷製食盒彷彿蒸籠，高高疊放三層，兩側有提鉤，穿上便可攜帶旅行了。總的來說，書包仍是相當「單純」的東西，無有小收音機、電玩、藥品一類附件。

這樣的情況一直延續到抗戰勝利由渝復元還（南）京。到了肩負斜掛帆布書包時，已經是渡海遷臺的時候了。那時，除了正式的帆布書包外，還有人以日本方式，用一根狀似皮帶的帶子，把書冊疊為一疊，然後以帶子綁提了。時序進入五十年代以後，美軍專用的帆布行軍包大為流行，中學生都以挎背一袋包為榮。那樣的書包體積不若中式學生專用書包的笨重龐大，內裝三、五冊書本及便當盒一個，大小正好。但，最重要的及最令學生中意的，是美軍軍用行軍包上有一條帆布帶，可以將包繫在胯骨及腰間。斯時如果再足踏單車，便風光無限了。

五十年代我上大學，書包基本上已被學生棄用。大學男生只把書冊及筆記本以手托承在胯骨左近。讀理、工科的更將黑市盜版英文書的封面故意露在外面，而女生則捧抱於胸前。六十年代我初至美國，方才見到美國學生背在背上如馱夫馱負竹筐竹簍般的帆布書包。書包顏色不等，可謂五顏六色，然大小皆一（美國人一向喜用所謂的「標準式」Standard size，門、窗、信紙信封、馬桶、爐灶……皆然，不似中國人在這些方面愛搞特立獨行）。最近兩三年來，當年中國學生肩負斜掛的那種標準式書包不知是何緣故，又在學生當中流行起來了。美國人崇新善變，不論在那一方面大都是如此。但，不管怎麼說，我注意到美國學生的書包裡，並不似中國學生那般只置放了彷彿與個人前途息息相關的書冊，外國人對不帶書包的學生，也並不似中國人看視不帶書包的學生那樣的輕蔑不屑。一般地說，美國人重視思考，他們不鼓勵學生以書包的厚重分量來衡論一個青年。讀死書、死讀書，而在其他方面一無特長的青年，並不為別人看好。

從我自己的成長過程中所得到的對於「書包」一物的感受，那僅僅是學生實際上需用的一種工具而已，此物本身並沒有任何尊貴特異的意義。但是，對一般的中國人來說，則似乎視書包為一個學生的基本成其為學生的必然條件。如果一個學生身無書包，旁人會覺得那根本不可思議。不管書包內貯放的究竟是甚麼，至少書包可被視為一個青年學生器識品德的標式。一個瘦小的學生倘若背負著過重大的一個書包，在旁人眼中，似乎並不容易覺得那是過分了，大家覺得那真是「有出息」的好現象，因為書包本身似乎已經顯展出背負的人的如錦前程來，令眾人豔羨。

——一九九九年六月十三日《中央日報》副刊

男兒當自強

前一陣子，同妻前往距離我城大約三十英里處去探望伊的一位長輩。那裡是一個老人公寓，整樓耄耋。進門有訪客登記處，連那位工作的人也是一位大約花甲或古稀的老人。

剛到的時候，樓下的大廳之內，沿四壁放設的沙發椅上坐滿了老人，靜靜悄悄，沒有一人說話。放眼看去，但見清一色的孤零零的老嫗，竟然無有一位鬚眉。不僅如此，老嫗們都是東方面孔。實地實情，確乎給予我們初入老女人國的感受。

妻打趣說：「等那天你老到該進老人院了，這裡倒挺合適。燕瘦環肥，可以老風流了。」

我不知古代帝王在三宮六院中軟玉溫香，龍恩浩蕩之後，是否仍然保有男人舉止。想像之中，帝王貴冑應不至於在該時見到鬚眉後有「不知所措」的慌急才是。否則，唐太宗李世民，明太祖朱元璋，有清康熙大帝，都不會留名青史了。我個人一生未與過帝王之夢，所以，於遭到妻的調侃後，一笑應之：

「區區無有那樣的帝王富貴洪福，恐怕只好從一而終了。」

笑話自歸笑話。可是，眼前景及妻的提示，倒是道出了一個大問題來。即是：「男人速朽」之程度，委實驚人。可以想見的是，在這家老人公寓中，設若不是老伴兒都早化鶴而去，也斷然不會全是老嫗當令的了。女人壽命較之男人為長，早經西方醫界及人類學界及社會學界證實（按，最新世界調查紀錄，女人比男人平均壽高六歲），社會上鰥夫之數確較寡婦為少。平日所見，鰥夫們一似遊魂，邋遢不堪，縮首畏尾，惘獨可憐。而寡婦們則大多衣履整齊，大眼紅唇，稱頭有韻，左右生姿。我在舊金山唐人埠所見的情景，更其支持我的這一結論。老華僑男士一個個神色悽零惘迷，衣衫鞋履極不整，除了望之可憐外，實在也頗可憎。硬是不及街頭老俏女士的丰采。

鰥寡老人，最關緊要的事，依區區之意，首推衣食。在從前，所謂「衣」，一般而言，都由婦人在家承擔裁製。在我幼時，男人所穿著的布鞋，自鞋幫至鞋底，全為婦人手製，大褂長褲亦然。凡在衣舖鞋舖裁量訂做的，只屬鄉紳政要，老百姓則概由「那口子」提供。舉凡縫補，織毛線，紡紗線……都是女人活計。現在到了「成衣時代」了，男人要是自婚而鰥，似也可以避掉無衣蔽身之苦，市易上身，當無問題。至於穿著邋遢與否，則全憑操縱洗衣機之次數而定。再說「食」，如我父親的一代，不論是否君子，男人都遠庖廚。有些家庭，到了晚膳時候，男主人獨自端坐桌前，自斟自酌小飲三、五杯，「那口子」備了酒菜，供其享用。俟家人跟隨上桌舉箸共享之時，男主人伸手遞碗，婦女取接添盛，而男主人默默進餐。對於菜式不甚中意者，尚可清清喉嚨，皺眉冷言諷斥一番。這種上一代慣有惡習，到了我這一代，同儕中竟仍有具體而微人士（男人），只會燒開水，但將水壺置之灶上，俟水沸沏茶時，居然還會被熱開水燙了手。所幸上述情況都有改進了，目前冷凍打包的食品種類繁多，即使是一個連電烤箱都一竅不通的男人，也無須煩心，因為熱狗、三明治、披薩大餅、漢堡包、通心粉、罐頭湯……一應俱全，所費無多，一餐便可解決。要是在中國或臺灣，甚至海外的唐人埠，尚可自餐館中購買中式熟送，勿庸愁苦。

其實，說起來，男人的衣食並非端仰女人承擔奉養。無論中外古今，各行各業中的裁縫及廚師兩項，都是男人當令的。這兩類人物的技藝，男人硬是比女人強上一些。在我前面所言結了婚的男人，在家中一旦老伴撒手謝世，彷彿驚弓之鳥，惶惶然靜候死刑宣判。其實，這都是「自作自受」。像裁縫師父、大廚師等人物，都是有作為者，絕非凡輩。家中吃穿細事，他們可能不屑一顧，其結果便是自覺有「大才小用」之氣憤，於是連小用的運道都自棄了，自甘墮落，於是乎就只好受制於「那口子」了。

在時代風氣朝向男女平等的標的轉動的時候，我想奉勸一些跟不上時代腳步的男士（尤其是結了婚的），趕緊於事發之前練習一下烹飪之術，則一旦被女強人虐待時，也可泰然自若。根據我的觀察，此間（美國）所識之已婚男士，凡中國大陸來的，關於造飯炒菜，似乎都 have two down sons（有兩下子）；而來自臺灣者，大多遜色，只能期盼自己當一名「飯來口張」的「主夫」，便覺阿彌陀佛了。

尤其是中國，放眼望去，你但見歷史上專制時代的最末一個朝代，最有光彩的末代主子，既非光緒，亦非溥儀，而是稍早的慈禧太后。那是女人的中天時代。嗟夫！男人當自強，非無因也。俗云：「自作孽不可活」，能不慎乎？

——一九九九年六月三十日《聯合報》副刊

市廛一得

看臺灣的電視節目及報紙，最近發現有兩項有關臺北市廛的報導播寫，都頗具啟示性。因略表私見如下。

電視節目報導在臺北市某處四面高廈圍合的「四合院」內，有心人建起了一個小池塘，養育了數隻小鴨雛。自畫面上看，小鴨們撅尾張喙，舉蹼划行，狀至愉快。池塘四周是小沙丘，丘上有兒童數人嬉戲。在沙丘的四方，架豎起數根大木柱，柱與柱之間則懸垂著串滿了蚵殼的繩線，據報告節目的女士旁白，蚵殼總數多達一百萬隻左右。

這樣的構想，顯然源於對農漁純樸生活的縈懷嚮往和感觸，我非常同情，更其同意。這樣的巧思，總比建造滑梯、鞦韆，甚或小型球場要好多了。有這樣的考量，無非突顯對於自然和諧靜好的表態。居於市廛，現代人（尤其臺北人）最感遺憾和煩惱的，大約就是囂鬧了。臺北市不似一般西方發展國家大城建關的規劃，沒有一定純屬住宅的市區。總是在住宅中有市易的商業與之結緣，嘈嘈總總，亂得令人揪心。於是，在觀看了電視之後，我竟然忽生奇想：要是有人把「四合院」中的現有池塘面積稍稍擴大，拿掉串掛的蚵殼網，而有計畫的植樹，枝繁葉茂，豈不更好？到時候納涼濃蔭之下，無論弈棋、閒談、賞月……定然會使人心平氣和的。養鴨固好，可能偏有異議人士要在池中種蓮花養魚蝦，那就熱鬧了。如果還有新派人士振振有詞，要在飛禽游魚之外，再倡議貓狗家畜不可偏廢，於是乎對於「野趣」情有獨鍾者，又加上猴子、山豬之屬，那「四合院」豈不變成木柵動物園的臺北分園了？

我的這種杞憂其實是有原因的。國人效習西方文化，常只見一隅，且於學過來之後，任意刪裁，結果竟變得似是而非了。比方說，大約半個月之前，我在臺灣電視新聞上就看到這般的報導：臺北某大廈住戶某女士，因為牽狗乘坐電梯，不慎被絆，因而電梯門關閉時把三根手指切壓斷了。洋人愛貓愛狗，這是事實，我們的時尚把這樣的品味學了過來，大家於是乎瘋狂養貓養狗，只學了養，而未學管訓照顧，故常見代表某種社會階層的「野狗」滿街流失竄亂，這在西方發展國家是看不見的現象。西方發展國家的現代人士深知，畜養寵物，必不能隨意擾亂妨害他人。凡遛狗的人，在公園進口處，都可取用免費預置的塑膠袋，為狗遍地撒黃金之用。否則，狗主人自備道具，清理狗穢。這樣的公德心，在臺北也頗不易見。更重要的是，美國人凡居公寓高廈者，一律「禁止」畜養狗隻。可惜我們也沒有學到這一點。

畜生在高樓大廈跳上跳下，大聲吠叫，隨地便溺且不說，主人的手指竟因而被切斷了。

關於臺北市塵的第二個新聞報導，是我讀了《中國時報》「人間」副刊，發現署名德亮先生所寫的〈臺北雞鳴〉一文稱說「不知道甚麼時候開始，住家的大樓外面，每天清晨約五時左右，就會有嘹喨的雞啼聲陸續揚起，以另類序曲為都會嶄新的一天揭開序幕。」近兩百萬人口的大都市如臺北者，怎麼會在清晨但聞雞鳴報曉，真是蹊蹺。德亮先生也有感如此，某日提早起床，為了一探究竟。結果發現，原來是緊鄰的一家傳統市場內，每日清晨自中、南部運至的雞隻，在肉販開市營業之前，某些壯士公雞，於「引刀成一快」之前，引吭司晨，克盡天職，於是乎就把德亮先生擾醒了。

德亮先生引了「風雨如晦，雞鳴不已」為喻，有暗諷之意。他說：「擁擠在冷漠的都會，鬧區的一隅，每日清晨我們繼續聽雞鳴，中午間或享用廉價的雞腿便當，二者似乎緊密牽連，卻也無關緊要。」而我想說的則是，我不希望在擁擠冷漠的都會鬧區一隅，每日清晨我們「繼續」聽雞鳴。小市民可以睡一個安靜沉穩的早覺的基本權利，希望不要被公雞的啼叫給剝奪了。

——一九九九年九月十四日《中國時報》副刊

給竹子梳頭

許是種因去歲雨水沛豐，今年我家庭園特別脩茂。妻看過黃曆，說：「今年是兔年，雞肖卻並不愉好。你我都是雞屬，庭園花草茂發乃屬必要。」要修得福慧及家怡靜人朗和，看來似需仗仰植物了，我想。

酒蟹居兩翼沿籬通道，原係土石鋪陳。遷入以後，我曾親手墊鋪灰色大片磚石，為期免於落雨時節行走之苦，但終覺不甚整。今春，妻倡議請來專職工人加以增繕該處，磚石易為暗紅色，取其興吉。施工四日，屋室兩側煥然一新。維修後，籬上爬藤欣旺，吐蕊爭艷，與緊鄰間益覺睦好。碩健妍美之紅花托襯於一片鬱綠中，奪目搶眼，令人備感奮振。

酒蟹居後園原有椒樹一株，枝椏盤錯，婀娜多姿。且枝葉繁盛，常引來好鳥駐唱。然則，未悉何故，老樹竟在今春料峭天時懨懨死去。經砍伐後，如覆傘之巨蔭處終感空寂難堪，妻乃以盆竹兩具填補，方寸稍安。三月，楊牧來訪，酒蟹居迎客三日。因彼見老樹竟遭斫伐，有感而留言，曰：「距前訪此倏忽六年矣。則脩竹盡皆入盆（按，原先植竹於後園籬下，生生茂發，未期竄入鄰家園內，於水泥地裂縫中昂然挺出），幽蘭羅列簷下，惟獨庭中老椒樹竟癯然先死。乃知造化推移，其中自有不得倖免者。反思七十年代遺事，故人星散，有客是垂老之感。然而不然……早茶晚酒，能飯五碗（飯一作粥），啖東坡肉嚼滷豬肝，按時午睡，氣似奔雷。視二十年前仙機悶他里諸木（按，此指英文 Sentimentalism 一字之音譯。所謂『故人』，指楊牧昔時負笈柏克萊加大時之友人莊信正、水晶（楊沂）、李渝、郭松棻、劉大任、鄭清茂、唐文標及余諸君子。年少英發，常相聚習爭論，都一時豪傑俊彥，感傷主義之輩也）少年無多讓。主人筋骨剛健，臨池揮毫，每力透紙背。遂知樹雖如此，人必強遒，不違他矣。天機奧祕，試作一解。」其中「樹雖如此，人必強遒」一句，最得我心。前言之昔日灣區故舊，除文標早登天國外，餘皆卓卓有成。

妻移新篁兩盆以補椒樹遺址，正乃「天機奧祕」之正解。晨昏間，我常漫蹓竹前，駐足細觀，每見翠葉綠如油，爽然悅喜。而葉初發時則捲似針芒，尖端凝露，彷彿鎮心強神之針劑方注入宇體，於是萬物甦生，天韻大聲盈耳。老幼一片祥和，欣欣煥煥，造化之無盡時，令人臆沸腸熱，良有已也。

不過，感奮之餘，亦嘗於伺窺新綠之間時，偶見衰敗黃葉片片，一似滿頭青絲夾有似雪白髮，頗覺不爽，乃不期然探手拔除。頃刻殘葉遍地，再視盆中，新篁生機嬌嬈，盎盎挺天。

少幼時曾見黃花閨女為母親及長輩婦人院中陽下梳洗，偶遇白髮輒為剔去，女性之嫵情顯露無遺。今番我人在天涯，年入花甲，竟為竹篁梳頭，巧手耙理，於處女也不多讓，彷彿親炙下一代，衷期成長。造化輪迴，豈有中土域外之分？知我者，誰曰不然！

——一九九九年九月十五日《聯合報》副刊

三民叢刊書目

①邁向已開發國家　孫　震著
②經濟發展啟示錄　于宗先著
③中國文學講話　王更生著
④紅樓夢新解　潘重規著
⑤紅樓夢新辨　潘重規著
⑥自由與權威　周陽山著
⑦勇往直前　石永貴著
・傳播經營札記
⑧細微的一炷香　劉紹銘著
⑨文與情　琦　君著
⑩在我們的時代　周志文著
⑪中央社的故事(上)　周培敬著
・民國二十一年至六十一年
⑫中央社的故事(下)　周培敬著
・民國二十一年至六十一年
⑬梭羅與中國　陳長房著
⑭時代邊緣之聲　龔鵬程著

⑮紅學六十年　潘重規著
⑯解咒與立法　勞思光著
⑰對不起，借過一下　水　晶著
⑱解體分裂的年代　楊　渡著
⑲德國在那裏？(政治、經濟)　郭恆鈺　許琳菲等著
・聯邦德國四十年
⑳德國在那裏？(文化、統一)　郭恆鈺　許琳菲等著
・聯邦德國四十年
㉑浮生九四　蘇雪林著
・雪林回憶錄
㉒海天集　莊信正著
㉓日本式心靈　李永熾著
・文化與社會散論
㉔臺灣文學風貌　李瑞騰著
㉕干儛集　黃翰荻著

㉖作家與作品　謝冰瑩著
㉗冰瑩書信　謝冰瑩著
㉘冰瑩遊記　謝冰瑩著
㉙冰瑩憶往　謝冰瑩著
㉚冰瑩懷舊　謝冰瑩著
㉛與世界文壇對話　鄭樹森著
㉜捉狂下的興嘆　南方朔著
㉝猶記風吹水上鱗
　・錢穆與現代中國學術　余英時著
㉞形象與言語
　・西方現代藝術評論文集　李明明著
㉟紅學論集　潘重規著
㊱憂鬱與狂熱　孫瑋芒著
㊲黃昏過客　沙　究著
㊳帶詩蹺課去　徐望雲著
㊴走出銅像國　龔鵬程著
㊵伴我半世紀的那把琴　鄧昌國著
㊶深層思考與思考深層　劉必榮著
　・轉型期國際政治的觀察
㊷瞬　間　周志文著

㊸兩岸迷宮遊戲　楊　渡著
㊹德國問題與歐洲秩序　彭滂沱著
㊺文學關懷　李瑞騰著
㊻未能忘情　劉紹銘著
㊼發展路上艱難多　孫　震著
㊽胡適叢論　周質平著
㊾水與水神
　・中國的民俗與人文　王孝廉著
㊿由英雄的人到人的泯滅
　・法國當代文學論集　金恒杰著
(51)重商主義的窘境　賴建誠著
(52)中國文化與現代變遷　余英時著
(53)橡溪雜拾　思　果著
(54)統一後的德國　郭恒鈺主編
(55)愛廬談文學　黃永武著
(56)南十字星座　呂大明著
(57)重疊的足跡　韓　秀著
(58)書鄉長短調　黃碧端著
(59)愛情・仇恨・政治
　・漢姆雷特專論及其他　朱立民著

(60) 蝴蝶球傳奇　顏匯增 著
　・真實與虛構
(61) 文化啓示錄　南方朔 著
(62) 日本這個國家　章陸 著
(63) 在沉寂與鼎沸之間　黃碧端 著
(64) 民主與兩岸動向　余英時 著
(65) 靈魂的按摩　劉紹銘 著
(66) 迎向眾聲　向陽 著
　・八〇年代臺灣文化情境觀察
(67) 蛻變中的臺灣經濟　于宗先 著
(68) 從現代到當代　鄭樹森 著
(69) 嚴肅的遊戲　楊錦郁 著
　・當代文藝訪談錄
(70) 甜鹹酸梅　向明 著
(71) 楓香　黃國彬 著
(72) 日本深層　齊濤 著
(73) 美麗的負荷　封德屏 著
(74) 現代文明的隱者　周陽山 著
(75) 煙火與噴泉　白靈 著

(76) 七十浮跡　項退結 著
　・生活體驗與思考
(77) 永恆的彩虹　小民 著
(78) 情繫一環　梁錫華 著
(79) 遠山一抹　思果 著
(80) 尋找希望的星空　呂大明 著
(81) 領養一株雲杉　黃文範 著
(82) 浮世情懷　劉安諾 著
(83) 天涯長青　趙淑俠 著
(84) 文學札記　黃國彬 著
(85) 訪草（第一卷）　陳冠學 著
(86) 藍色的斷想　陳冠學 著
　・孤獨者隨想錄
　A・B・C全卷
(87) 追不回的永恆　彭歌 著
(88) 紫水晶戒指　小民 著
(89) 心路的嬉逐　劉延湘 著
(90) 情書外一章　韓秀 著
(91) 情到深處　簡宛 著
(92) 父女對話　陳冠學 著

93 陳冲前傳　嚴歌苓著
94 面壁笑人類　祖　慰著
95 不老的詩心　夏鐵肩著
96 雲霧之國　合山　究著
97 北京城不是一天造成的　喜　樂著
98 兩城憶往　楊孔鑫著
99 詩情與俠骨　莊　因著
100 文化脈動　張　錯著
101 桑樹下　繆天華著
102 牛頓來訪　石家興著
103 深情回眸　鮑曉暉著
104 新詩補給站　渡　也著
105 鳳凰遊　李元洛著
106 文學人語　高大鵬著
107 養狗政治學　鄭赤琰著
108 烟　塵　姜　穆著
109 河　宴　鍾怡雯著
110 滬上春秋　章念馳著
111 愛廬談心事　黃永武著

---

112 吹不散的人影　高大鵬著
113 草鞋權貴　嚴歌苓著
114 是我們改變了世界　張　放著
115 夢裡有隻小小船　夏小舟著
116 狂歡與破碎　林幸謙著
117 哲學思考漫步　劉述先著
118 說　涼　水　晶著
119 紅樓鐘聲　王熙元著
120 寒冬聽天方夜譚　保　真著
121 儒林新誌　周質平著
122 流水無歸程　白　樺著
123 偷窺天國　劉紹銘著
124 倒淌河　嚴歌苓著
125 尋覓畫家步履　陳其茂著
126 古典與現實之間　杜正勝著
127 釣魚臺畔過客　彭　歌著
128 古典到現代　張　健著
129 帶鞍的鹿　虹　影著
130 人文之旅　葉海煙著

(131) 生肖與童年　小　民著　喜　樂圖
(132) 京都一年　林文月著
(133) 山水與古典　林文月著
(134) 冬天黃昏的風笛　呂大明著
(135) 心靈的花朵　戚宜君著
(136) 親　戚　韓　秀著
(137) 清詞選講　葉嘉瑩著
(138) 迦陵談詞　葉嘉瑩著
(139) 神　樹　鄭　義著
(140) 琦君說童年　琦　君著
(141) 域外知音　張堂錡著
(142) 遠方的戰爭　鄭寶娟著
(143) 留著記憶·留著光　陳其茂著
(144) 滾滾遼河　紀　剛著
(145) 王禎和的小說世界　高全之著
(146) 永恆與現在　劉述先著
(147) 東方·西方　夏小舟著
(148) 嗚咽海　程明琤著
(149) 沙發椅的聯想　梅　新著
(150) 資訊爆炸的落塵　徐佳士著
(151) 沙漠裡的狼　白　樺著
(152) 風信子女郎　虹　影著
(153) 塵沙掠影　馬　遜著
(154) 飄泊的雲　莊　因著
(155) 和泉式部日記　林文月譯·圖
(156) 愛的美麗與哀愁　夏小舟著
(157) 黑　月　樊小玉著
(158) 流香溪　季　仲著
(159) 史記評賞　賴漢屏著
(160) 文學靈魂的閱讀　張堂錡著
(161) 抒情時代　鄭寶娟著
(162) 九十九朵曇花　何修仁著
(163) 說故事的人　彭　歌著
(164) 日本原形　齊　濤著
(165) 從張愛玲到林懷民　高全之著
(166) 莎士比亞識字不多？　陳冠學著
(167) 情思·情絲　龔　華著

(168) 說吧，房間　林　白著
(169) 自由鳥　鄭　義著
(170) 魚川讀詩　梅　新著
(171) 好詩共欣賞　葉嘉瑩著
(172) 永不磨滅的愛　楊秋生著
(173) 晴空星月　馬　遜著
(174) 風　景　韓　秀著
(175) 談歷史　話教學　張　元著
(176) 兩極紀實　位夢華著
(177) 遙遠的歌　夏小舟著
(178) 時間的通道　簡　宛著
(179) 燃燒的眼睛　簡　宛著
(180) 月兒彎彎照美洲　李靜平著
(181) 愛廬談諺詩　黃永武著
(182) 劉真傳　黃守誠著
(183) 天涯縱橫　位夢華著
(184) 新詩論　許世旭著
(185) 天　讖　張　放著
(186) 綠野仙蹤與中國　賴建誠著

---

(187) 標題飆題　馬西屏著
(188) 詩與情　黃永武著
(189) 鹿　夢　康正果著
(190) 蝴蝶涅槃　海　男著
(191) 半洋隨筆　林培瑞著
(192) 沈從文的文學世界　王繼志　陳　龍著
(193) 送一朵花給您　簡　宛著
(194) 波西米亞樓　嚴歌苓著

195
化妝時代
陳家橋 著

陳，在一次陌生人闖入的情形下，成為一個殺人的疑犯，他必須找尋凶手，找尋這個和他打扮一樣的陌生人；就在他從化妝師那尋找線索時，他落入一個如真似幻的情境，在無法自拔時，他被指為瘋子，被控謀殺，他要如何去面對這一切的問題……。

196
寶島曼波
李靜平 著

年少時天真得令自己淪為笑柄的悲慘遭遇，事過境遷後往往反為記憶中開心的片段。本書中收錄著作者兒時的種種突發奇想，那屬於孩提時代的天真、忘我，有的令人噴飯，有些令人莞爾。在兒時距我們越來越遠的當兒，本書絕對讓你返老還童。

197
只要我和你
夏小舟 著

本書作者早年負笈日本，而後旅居美國。儘管足跡從保守的東方跨入開放的西方，但作者對兩性情感世界的關注卻不曾稍減。書中所收一篇篇帶著遺憾的真實故事，不甚完美的結局，恰能提供你我一個正視情感與人性的機會。

198
銀色的玻璃人
海男 著

「林玉媚走進了花園深處，她想看看吹奏薩克斯風的這個人是誰？……」是什麼樣一段不為人知的記憶，輕輕撩撥這即將邁入三十的女醫生心絃？循著四月天的癌症病房，她慢慢鋪陳出一段段似有若無的感情軌跡，讓心隨著它一同飛翔。

199
小歷史——歷史的邊陲
林富士 著

想窺視求符籙、作法事、占夢等流傳已久的巫覡傳統嗎？想了解中元普渡傳統祭典的現代性格嗎？屎尿、頭髮與人肉又有哪些有趣的象徵意義呢？處於多元化的社會，這些「邊緣」文化所表現出民眾對鬼神及自然界不可知力量的敬畏，值得您深入探討。

200
再回首
鄭寶娟 著

本書收錄作者近期滿意的短篇創作十四篇，情感深刻，直指人心。誰說小說都只是風花雪月、不食人間煙火的夢幻，作者藉著細膩的感觸、流暢的敘述筆力，結構出人生各個層面的真情實感；而正因這份真實，讓人感歎紅塵種種的可貴與無奈。

201
舊時月色
張堂錡 著

「每個人都有自己的日光風景，每個世代的人都會創造出獨特的回憶。……只要流過汗水，踏實走過，每一步都會閃著黃金般的亮光。」這本散文集或敘童年往事，或寫人物情緣，或抒讀書雜感，是作者向青春，向散文告別的見證，讀來別有感懷。

202
進化神話第一部：駁達爾文《物種起源》
陳冠學 著

達爾文《物種起源》一書，闡釋了「物競天擇，適者生存」的自然進化學說。一百多年來，人們一直戴著這副偏光鏡片去觀察世界，而不自知。本書以科學的論述，客觀地指出進化理論的矛盾意想，層層揭露了進化神話的迷思。

203

大話小說

莊因 著

作者以其亦莊亦諧的筆調，探觸華人世界的生活百態，這其中有憶往記遊、有典故，當然還有他所嗜好的飲食文化，綜觀全書，不時見他出入人群，議論時事，批評時弊，本著知識份子的良知良行，期待著中國人有「說大話而不臉紅的一天」。

204

人禍

彭道誠 著

太平天國起義是近代不容忽視的歷史事件，他們主張男女平等，要解百姓倒懸之苦。而戰無不勝勢如破竹的天朝，卻在攻下半壁江山後短短幾年由盛而衰，終為曾國藩所敗，何以有此劇變？讀者可從據史實改編的本書中發現端倪。

205

殘片

董懿娜 著

讀董懿娜的小說就像凝視一朵朵淒美的燭光。她筆下的女主人翁大都是敏感又聰明的人物，明明知道等待著她的是絕望，她還要希望。而她們的命運遭遇，會讓人覺得曾經在塵世間匆匆一瞥。本書就在作者獨特細緻的筆觸下，編排著夢一般的真實。

206

陽雀王國

白樺 著

中國施行共產主義，在政治、文化、生活作了種種革新，人民在一波波浪潮衝擊下，徘徊新舊之間。本書文字自然流暢，以一篇篇小說寫出時代轉變下豐富的眾生相，可喜、可憎、可愛的人生際遇，反應當時社會背景，讀之，令人動容。

207
懸崖之約
海男 著

「男人與女人在此約會中的故事，貫穿著一個幸運的結局和另一個戲劇的結局」。一個患腦癌的四十歲女子，她要在去天堂之前去訪問記憶中銘心刻骨的每一個朋友，也許是密友、情人、前夫，她的生活因為有了昨日的記憶，將展開一段不同的旅程。

208
神交者說
虹影 著

人的情感總是同時交雜著出現，很難只用喜悅、悲傷、恐懼等單純詞語完整表達。而本書作者細緻地記述回憶或現實的片段，藉以呈現許多情況下（如養父過世，或只是邂逅陌生人等）人複雜多變的感覺，使讀者能自然地了解書中的情境與人物的感受。

209
海天漫筆
莊因 著

或「拍案叫好」或「心有戚戚」或「捫心自思」，作者以其多年旅居海外經驗，與自身文化激盪的心得，發為一篇篇散文，不但將中華文化精萃發揚，亦介紹西方生活的真善美。且看「海」的那片「天」空下，作者浪「漫」的妙「筆」！

210
情悟，天地寬
張純瑛 著

本書乃集結作者旅居美國多年來的文章，娓娓細述遊子之情。其文字洗鍊，生動感人，處處展現羈旅之心與赤子之情。作者雖從事電腦業，但文章風格清新雋永。值得你我風簷展讀，再三品味，從中探索「情」之真諦！

211

誰家有女初養成

嚴歌苓 著

「巧巧覺得出了黃桷坪的自己，很快會變一個人的。對於一個新的巧巧，窩在山溝裡的黃桷坪和窩在黃桷坪的一切人和事，都不在話下。」踏出黃桷坪的巧巧會有怎樣的改變呢？如願的坐上流水線抑或是……